햄릿

햄릿

The TRAGEDY of HAMLET, Prince of Denmark

윌리엄 셰익스피어 희곡 | 신동운 옮김

WILLIAM SHAKESPEARE

사느냐 죽느냐 그것이 문제로다
욕망과 복수 그리고 비극적 언어의 마술

스타북스

세계를 사로잡은 셰익스피어가 통찰한 인간사

셰익스피어 작품의 가치는 인간 감정의 심리를 드러내 보이는 놀랍도록 천재적인 재능에 있다. 그가 남긴 문장들은 인간의 슬픔과 비탄, 환희와 만족 등 모든 정념을 담아내어, 400년이 지난 오늘날까지도 우리들에게 공감과 감동을 불러일으킨다. 그중에서도 《햄릿》은 가장 탁월한 작품으로 꼽힌다.

셰익스피어는 아버지의 사업이 실패한 관계로, 대학 교육까지 받은 여타의 작가들과는 달리 유년 시절 문법학교를 다니다 그만둔 것이 학업의 전부였지만, 그의 타고난 언어 능력과 예술에 대한 천부적인 감각 및 인간에 대한 심오한 이해는 비교 불가의 것이었다. 그는 『성경』과 고전을 통해 읽기와 쓰기를 배운 것으로 알려져 있는데, 어린 시절 읽은 경전과 옛 문학작품들이 셰익스피어의 세계관 형성에 일정 부분 영향을 미쳤으리라는 사실을 예상할 수 있다.

그가 남긴 주옥같은 희곡 작품들이 오늘날에도 세계 곳곳에서 인기리에 읽히고 공연되며 계속하여 재탄생하는 그 핵심은 인간 삶에 대한 '통찰력'에 있다. 셰익스피어의 인간을 꿰뚫어 보는 통찰력은 뛰어난 시적 상상력을 통해 때로는 독창적인 유머 감각으로, 때로는 개인적 비극을 풍부한 언어로서 형상화해 낸다. 영국의 극작가 벤 존슨은 셰익스피어에 대해 "어느 한 시대의 인물이 아니라, 모든 시대의 작가"라고 인정하며 그가 드러내는 보편적인 인간성에 대해 주목했다.

그는 1590년대 후반 이후로는 이전에 희극을 발표하던 것과 달리 비극 작품을 발표하기 시작하는데, 이는 1596년에 아들이 사망한 사건과 관련이 있으리라고 보인다. 이어 몇 년간의 간격을 두고 아버지, 막내 동생, 어머니가 연달아 사망을 하였으니 풍부한 상상력과 감수성을 가진 작가가 이와 같은 상실의 비극을 겪으면서, 인간 실존과 죽음에 대한 성찰이 더욱 깊어질 수밖에 없었을 것이다.

셰익스피어가 성장할 수 있던 배경으로 영국의 국력 또한 무시할 수 없다. 그가 활동하던 16세기 후반에서 17세기 초반의 영국은 막강한 해상력을 바탕으로 식민지를 개척해 가며 막대한 자본을 축적하고 있었다. 이 시기 영국을 통치하던 엘리자베스 1세는 이어서 영국을 유럽 문화의 중심지로 만들어 나가기 위한 노력을 시작했고, 바로 이 흐름의 중심에서 문화가 활성화되고 예술가들이 자신들의 감성을 적극적으로 표현하는 일이 가능했던 것이다.

셰익스피어는 든든한 자유 안에서 중세의 속박에 갇혀 있던 인물들을 해방시키고, 그가 포착한 인간의 본성과 인간관계의 이면을 다양하고 풍부한 언어를 구사하여 사실적으로 표현하였다. 셰익스피어는 그의 뛰어난 문학적 업적뿐만 아니라, 현대 영어의 모체를 마련했다는 점에서도 높이 평가받고 있다.

셰익스피어는 자신이 발표한 대부분의 작품이 살아생전 인기를 누렸고 국가에서의 지원도 충분히 받았으며, 경제적인 풍족함까지 누리며 살았으니 복 받은 인생이었다고 할 만하다. 이와 같은 축복 탓인지 그의 생애에 대해 오늘날, 셰익스피어는 실제로 존재한 인물이 아니었다거나 어떤 저명인사의 필명이라는 의혹을 제기하는 경우도 있다. 하지만 당대의 다른 인물들에 대한 전기 기록도 드문 사실로 보면, 셰익스피어에게만 가공의 인물인지도 모른다는 딱지를 붙이는 일은 그의 재능을 시기하거나 그의 가치를 폄하함으로써 쾌감을 얻기 위한 애꿎은 노력일 뿐이라는 생각이 든다.

그가 읽거나 쓰지 못하는 사람들이 대다수였던 당시의 보통 사람들을 대상으로 자신의 작품들을 써 그 주의를 사로잡았다는 사실을 보면, 셰익스피어가 인간의 보편성을 얼마만큼 잘 형상화하였는지를 알 수 있다. 그리하여 셰익스피어는 극작가의 모범이자 기준이 되었음은 물론 그의 작품을 온전히 읽지 않은 사람들을 포함하여 전 세계에 영향을 끼쳤고 여전히 끼치고 있다. 엘리엇의 말처럼 이제 우리는 셰익스피어를 해석하며 생각을 덧붙이려는 시도를 버리고, 그의 작품을 '있는 그대로' 보는 노력을 해야 할 것이다.

차례

머리말
세계를 사로잡은 셰익스피어가 통찰한 인간사

등장인물

햄릿 선왕의 왕자, 현왕의 조카

클로디어스 덴마크 왕, 햄릿의 숙부

거트루드 덴마크 왕비, 햄릿의 어머니, 클로디어스의 아내

폴로니어스 재상

오필리아 폴로니어스의 딸

레어티스 폴로니어스의 아들

호레이쇼 햄릿의 친구

유령 선왕이자 햄릿의 아버지

레널도 폴로니어스의 하인

버나도, 프란시스코, 마셀러스 왕의 호위병들

코닐리어스, 볼티먼드 노르웨이에 파견된 사신들

로젠크랜츠, 길든스턴 햄릿의 동창생

시종

배우들 무언극 중 왕, 왕비, 루시어너스 등

포틴브라스 노르웨이의 왕자

부대장 노르웨이군 부대장

광대A, 광대B 무덤 파는 일꾼

오즈릭 경박한 멋쟁이 귀족

사제, 시녀들, 선원, 귀족들, 중신들

THE TRAGEDIE OF
HAMLET, Prince of Denmarke.

제1막

Actus Primus.

1장

엘시 궁정

Scena Prima

버나도 누구냐, 서라!

프란시스코 넌 누구냐 신분을 대라!

버나도 폐하의 만수무강을!

프란시스코 버나돈가?

버나도 그러네.

프란시스코 꼭 제시간에 오는군.

버나도 자, 그럼 자네는 가게.

프란시스코 추운데...고맙네.

버나도 그동안 별 이상 없었나?

프란시스코 쥐새끼 한 마리 얼씬하지도 않았네.

버나도 그럼 잘 가게, 프란시스코. 아참~ 그리고 호레이쇼와 마셀러스를 만나거든 빨리 오라고 좀 해주게.

호레이쇼와 마셀러스가 나온다.

프란시스코 (귀를 기울이며) 지금 오는 모양이군. 정지! 누구냐?

호레이쇼 이 나라의 국민일세.

마셀러스 덴마크 왕의 신하.

프란시스코 수고하게.

마셀러스 잘 가게. 누가 교대해 주었나?

프란시스코 버나도네. 그럼 부탁하네.　　　　(프란시스코 퇴장)

마셀러스 이봐, 버나도!

버나도 아, 호레이쇼도 같이 왔는가?

호레이쇼 그러네.

버나도 잘 왔네, 호레이쇼. 잘 왔어, 마셀러스.

호레이쇼 그래, 그것이 오늘 밤에도 나왔는가?

버나도 아직은 못 봤어.

마셀러스 호레이쇼는 우리들이 허깨비를 본 거라며 도무지 믿어주지 않아. 두 차례나 우리 눈앞에서 벌어진 무서운 광경이었는데 말이야. 그래서 오늘 밤에는 우리와 함께 망을 보자고

했지. 망령이 또 나타나면 그때는 우리 눈을 믿어줄 게 아닌
가. 말을 건네 볼 수도 있을 거고 말이야.

호레이쇼 쯧쯧, 나오긴 뭐가 나와!

버나도 어쨌든 좀 앉게. 우리가 이틀 밤이나 목격했단 말일세. 그
렇게 막무가내로 귀를 막지만 말고 한번 들어 보게.

호레이쇼 그럼 그럴까?

버나도 바로 어젯밤에 북극성의 서쪽, 저기 보게. 저 별이 지금 반
짝이고 있는 저 자리까지 와서 하늘을 환히 비추기 시작했을
무렵 그때 막 종이 새벽 1시를 쳤는데……,

그때 유령이 나타난다. 갑옷을 빈틈없이 입고 손에 지휘봉을 들
고 있다.

마셀러스 쉿, 조용히! 저것 봐, 또 나왔어!

버나도 선왕의 모습과 똑같아.

마셀러스 자네는 학자잖아, 호레이쇼. 말을 좀 걸어 보게.

버나도 선왕과 똑같지? 잘 봐, 호레이쇼.

호레이쇼 이렇게 똑같을 수가! 무서워서 소름이 다 돋는군.

버나도 말을 걸어 주었으면 하는 눈치야.

마셀러스 말 좀 건네 보게, 호레이쇼.

호레이쇼 너는 무엇이기에 이 밤중에 배회하느냐? 더욱이 이미 지하에 잠드신 선왕의 늠름하고 빛나는 갑옷을 입고 있지 않느냐? 하늘을 두고 명령한다. 순순히 대답하라!

마셀러스 화가 났나 봐.

버나도 아, 가버리잖아.

호레이쇼 멈춰라! 말해라, 말해! 명령한다! 대답하라.

유령이 사라진다.

마셀러스 가버렸어. 말하기 싫은 모양이야.

버나도 호레이쇼, 왜 그러나? 자네 떨고 있군, 얼굴빛도 창백하고. 자, 어떻게 생각하나, 유령이 아니지?

호레이쇼 아! 놀랐네. 내 눈으로 똑똑히 보았는데 어떻게 믿지 않을 수 있겠는가?

마셀러스 선왕과 똑같지?

호레이쇼 같다 뿐인가! 선왕께서 야심만만한 노르웨이 왕과 싸우셨을 때의 무장이 저렇었지. 담판이 깨져 썰매를 타고 온 폴란드 군사 사절들을 빙판에 내동댕이치셨을 때의 잔뜩 찌푸린 표정과 똑같네. 참으로 해괴하군.

마셀러스 지금까지 이렇게 세 번, 시간도 똑같은 자정에 우리 보초

들 앞을 의젓하게 지나가다니.

호레이쇼 이것을 어떻게 생각해야 할지 모르겠네만, 나라에 무슨 변괴가 일어날 징조가 아닐까 하는 생각이 드는군.

마셀러스 자, 우리 좀 앉지. 좀 물어 보겠네만, 무엇 때문에 밤마다 이렇게 엄중한 경비를 세워 우리들을 괴롭히고, 왜 매일같이 번쩍이는 대포를 만든다느니 외국에서 무기 탄약을 사들인 다느니 야단법석이며, 무슨 이유로 조선공들을 징발하여 휴 일도 없이 혹사시키는가? 대체 어떤 사태가 닥쳐왔기에 밤 낮으로 비지땀을 흘리게 하느냔 말이야. 누가 알면 설명 좀 해 보게.

호레이쇼 내가 설명해 주지. 적어도 소문은 이렇다네. 방금 우리 앞 에 모습을 나타내신 선왕께서는 자네들도 알다시피 오만한 야욕에 불타는 노르웨이 왕 포틴브라스의 도전을 받지 않았 는가? 용감무쌍하신 우리 햄릿 왕께서는 이미 세상에 용맹 을 떨친 분이었기에 적을 일격에 무찌르셨네.

그놈은 목숨과 함께 그의 모든 영토를 승리자인 햄릿 왕에게 몰수당했는데 그건 기사도 법칙에 의한 엄격한 약조에 따른 것이었지. 물론 그쪽에서도 상당한 영토를 걸었었는데 만약 포틴브라스가 이겼다면 우리의 영토가 적의 손아귀에 들어 갔을 걸세. 하지만 이러한 약조에 따라 영토가 우리 쪽에 귀속되었지.

그런데 포틴브라스의 혈기왕성한 풋내기 아들이, 노르웨이 변방 이곳저곳에서 그저 배만 채우면 만족하는 무뢰한들을 끌어 모아 무모한 전쟁을 일으킬 기미를 보이고 있다네. 즉, 제 아비가 잃은 영토를 무력으로 되찾겠다는 수작이지. 물론 우리 조정에서도 그걸 환히 알고 있다네. 이것이 우리의 군비를 서두르는 주된 동기 같아. 우리가 경비를 서는 이유나 온 나라 안이 들끓는 이유도 다 그 때문인 것 같네.

버나도 그런 것 같아. 맞는 이야기야. 그 기분 나쁜 유령이 갑옷을 입고 보초 앞을 지나간다는 것, 더욱이 선왕과 모습이 똑같다는 것은 전쟁이 다시 일어난다는 조짐인지도 몰라.

호레이쇼 하기야 티끌도 마음의 눈에 들어가면 따갑지. 옛날, 한창 번영을 누리던 로마에서도 영웅 시저가 쓰러지기 직전에 무덤들이 텅텅 비고 수의를 입은 시체들이 로마의 거리를 헤매면서 끙끙거리며 울부짖었다고 하더군. 게다가 별은 훨훨 타는 불의 꼬리를 잇고, 핏빛 이슬이 내렸으며, 태양은 병이 들고, 바다를 지배하는 달도 말세인 것처럼 어두워졌다고 하지 않는가? 이 나라의 백성들에게도 두려운 재앙을 예고하듯 하늘과 땅의 상서롭지 못한 징조들을 보여주지 않았나? 다가올 운명과 재난의 전조로 말일세.

유령이 다시 나타난다.

호레이쇼 쉿, 저것 봐. 또 나타났어. 죽는 한이 있더라도 이번에는
기어코 가로막자.   (두 팔을 벌리고 유령 앞을 가로막는다.)
멈춰라, 헛것아! 소리를 낼 수 있거든 말해 보라. 너에게는
위안이 되고 내게는 축복이 될 만한 좋은 일이 있다면 말해
라. 미리 알아서 피할 수도 있을지 모를 조국의 비운을 네가
알고 있거든 말이야. 오, 제발 말해 다오! 혹시 흔한 얘기처
럼 네 생전에 착취하여 땅속 깊이 묻어 둔 재물에 미련이 남
아 떠도는 망령이라면 그렇다고 말을 해라.   (그때 닭이 운다.)
가지 말고 말해! 마셀러스, 못 가게 막아!

마셀러스 창으로 찌를까?

호레이쇼 서지 않거든 그렇게 해.

버나도 여기다!

호레이쇼 여기다!

유령이 사라진다.

마셀러스 유령이 사라져버렸어. 고귀한 혼령을 난폭하게 대한 우리
가 잘못한 걸까? 아무런 반응도 없는데 허공에 창을 휘둘러

대는 우리의 꼴만 더 우습게 됐군.

버나도 무슨 말인가 하려다가 그만 닭이 울었단 말이야.

호레이쇼 그때 움찔 놀라더군. 죄지은 사람이 호명이라도 당한 것
처럼 말일세. 듣기로는 수탉은 새벽을 알리는 나팔수라는군.
그 우렁찬 목청은 태양신을 깨우고 그 울음소리에 물과 불,
육지와 공중에 떠다니던 망령들이 허둥지둥 제 집으로 달아
난다는데 이제 보니 그 말이 맞는 것 같군그래.

마셀러스 수탉 소리를 듣더니 그만 사라졌어. 성탄을 축하하는 계
절이면 새벽을 알리는 닭이 밤새도록 노래를 불러, 망령들은
감히 인간 세상에 나오지도 못한다나. 그러면 밤은 깨끗해져
서 별의 저주도 미치지 못하고 요정도 붙지 못하며 마녀들도
맥을 못 춘다지. 그처럼 그 계절은 청정하다네.

호레이쇼 나도 그런 말을 들은 적이 있는데 그럴듯하군. 저것 보게.
새벽이 적갈색 망토를 걸치고 저기 저 산마루의 이슬을 밟
으며 넘어오고 있네. 자, 파수도 그만 걷어치우세. 그런데 내
생각에는 우리가 밤에 봤던 일을 햄릿 왕자님께 알리는 것이
좋을 것 같아. 그 망령이 우리에게는 말을 안 했지만 왕자님
께는 반드시 무슨 말을 할 거야. 자네들은 어떻게 생각하나?
왕자님께 말씀드리는 것이 우리의 우정이나 직책으로 봐서
당연하지 않겠는가?

마셀러스 그래, 그렇게 하세. 마침 오늘 아침에 왕자님을 만나 뵐 수 있는 장소를 내가 알고 있네.   (모두 퇴장한다.)

2장

궁정 안의 접견실

Scena Secunda

취주단의 나팔 소리가 울려 퍼진다. 덴마크 왕 클로디어스, 왕비 거트루드, 중신들, 폴로니어스와 그의 아들 레어티스, 그리고 볼티먼드와 코닐리어스, 모두 화려한 복장을 하고 대관식에서 물러 나오고, 마지막으로 검은 상복을 입은 왕자 햄릿이 고개를 숙이면서 등장하고, 왕과 왕비가 옥좌에 앉는다.

왕　존경하는 형님인 햄릿 왕이 승하하신 기억이 아직 생생하여 만백성이 다 수심에 차 있고, 다 같이 비탄에 잠겨 슬퍼함은 당연한 일이오. 그러나 이성을 되찾은 나는 선왕을 깊이 애도하면서도 내 자신의 본분을 잃지 않았소. 따라서 내가 지난날의 형수를 덴마크의 왕비로 맞이한 것도 그 때문이오.
이는 슬픔을 기쁨으로, 한 눈으로 울고 한 눈으로 웃으며, 장
례식은 성대하게 결혼식은 슬프게, 기쁨과 슬픔을 똑같이 나
누며 왕비를 맞이한 것이오. 이 일에 있어 나는 그대들의 현
명한 의견에 귀를 기울였으며 그대들 또한 나의 의견에 찬성
해 주었소. 다들 감사하오. 다음 문제는 다 알다시피 저 젊은
포틴브라스에 관한 일인데, 우리 실력을 과소평가하는지 아
니면 형님이 승하하셔서 우리나라가 분열되고 해체될 줄로
알았는지 꿈같은 헛된 기대를 품고 있소. 그들은 기어이 편
지를 보내 지혜롭고 용감하셨던 형님께 제 아비가 잃은 영토
를 되돌려달라고 나에게 요구하고 있소. 이것은 그쪽 사정이
고 우리의 대책이 문제인데, 오늘 회의를 갖는 것도 그 때문
이오.
여기 노르웨이 왕에게 보내는 편지가 있소. 왕은 젊은 포틴
브라스의 숙부로서 늙고 병들어 줄곧 자리에 누워 있어 조카
의 야심을 잘 모르는 것 같소. 그의 계획에 필요한 군대를 숙
부인 왕의 백성 가운데에서 징발해야 하는 형편이니 곧 노르
웨이 국왕에게 편지를 보내 그의 행동을 저지시키라고 요구
하기로 했소. 이에 그 사신으로서 코닐리어스와 볼티먼드를
임명하오. 노르웨이 국왕과 협상할 개인적 권한은 여기에 조

항이 밝혀져 있으니 그 범위 안에서 절충하도록 하오. 그럼
어서 가서 임무를 완수하고 돌아오도록 하오.

코닐리어스, 볼티먼드 예, 분부대로 서둘러서 가겠습니다.

왕 가상하오. 잘 다녀오시오. (두 사람이 퇴장한다.)

그리고 레어티스, 너는 무슨 이야기지? 부탁이 있다고 한 것
같던데, 이유만 타당하다면 이 덴마크 왕인 내가 안 들어줄
리 없지. 대체 네 소원이 무엇이냐, 레어티스? 네가 굳이 조
르지 않아도 다 들어주고 있지 않느냐? 이 덴마크 왕과 네
부친과는 머리와 심장 사이도 그보다 더 가깝지 못할 것이
고, 손과 입도 그보다 더 밀접하지는 못할 것이다. 그래, 네
청이 무엇이냐?

레어티스 황공하오나 폐하, 저를 프랑스로 돌아가게 해주십시오.
폐하의 대관식에 참석하고자 기꺼이 귀국하였지만 이제 대
관식도 끝난 지금, 솔직히 말씀드리면 제 마음은 벌써 프랑
스에 가 있습니다. 황공하오나 부디 허락해 주십시오.

왕 부친의 허락은 받았느냐? 폴로니어스 경은 어떻게 생각하오?

폴로니어스 예. 자식 놈이 어찌나 졸라대는지 하는 수 없이 본의 아
닌 승낙을 해주었습니다. 저도 간청하오니 떠나도록 허락해
주십시오.

왕 레어티스, 가서 잘 지내도록 해라. 휴가를 주마. 아무쪼록 열

심히 공부하고 돌아오너라. 자, 내 조카이자 이제는 내 아들
이 된 햄릿!

햄릿 (방백*) 숙부와 조카 사이는 되겠지만 아버지와 아들 사이라
니, 어림없다!

왕 네 얼굴에는 아직도 어두운 구름이 끼었는데 어찌된 일이냐?

햄릿 그렇지 않습니다. 저는 너무 많은 햇살을 받고 있습니다.

왕비 햄릿, 그 어두운 상복을 벗고 덴마크 왕을 좀 더 정답게 바라
보렴. 그렇게 눈을 내리뜨고 땅속에 묻힌 아버님만 찾고 있
으면 되겠니? 이제 그만해라. 너도 알지 않느냐. 생명이 있
는 자는 반드시 죽어 세상을 하직하고 영원으로 떠나기 마련
이다.

햄릿 예, 어머님. 그렇게 되겠지요.

왕비 그런데 어째서 너는 별스럽게 구는 것처럼 보이느냐?

햄릿 그렇게 보입니까? 사실입니다. 그렇게 보이든 말든 관심 없
습니다만 어머님, 이 새까만 외투의 격식을 갖춘 엄숙한 상
복, 호들갑스러운 한숨이나 강물처럼 넘치는 눈물, 억지로
찌푸려 보이는 얼굴이나 그 밖의 모든 슬픔을 나타내는 형식
과 분위기나 얼굴 표정으로도 저의 심정을 그대로 표현할 수

---

* 청중에게는 들리나 무대 위의 상대에게는 들리지 않는 대사.

는 없다는 것입니다. 겉으로 보이는 그것들은 정말 그럴듯하게 보이겠지요. 그 따위 연극은 아무나 할 수 있습니다. 하지만 제 가슴속에 있는 것은 그런 겉치레와는 다릅니다.

왕 아버지를 그토록 애도한다는 것은 참으로 아름답고 가상한 성품이다. 그러나 알아두어야 할 것은 네 아버지도 아버지를 여의셨고 그 아버지 또한 아버지를 여의셨다는 사실이다. 그리고 뒤에 남은 자는 자식 된 도리로 어느 기간 상중을 지키는 거야. 그렇다고 언제까지나 비탄에 잠기는 것은 신을 모독하는 고집이다. 또한 대장부답지 못한 일이다.

이는 하늘을 거역하는 불손함일 뿐 아니라 마음속에 신앙심도 인내심도 없으며 분별과 교양이 없는 자임을 드러내는 일이야. 죽음을 피할 수 없다는 것은 누구나 다 알고 누구나 보고 들을 수 있는 일처럼 당연한 일인 것을, 그것을 왜 굳이 슬퍼해야 한단 말이냐? 쯧쯧. 그것은 하나님과 고인에게 죄가 되는 일이요, 자연의 도리와 이성에도 어긋나는 것이다.

이성에 비추어 보건대 어버이의 죽음은 평범한 일이다. 태초에 인간이 죽음을 당했을 때부터 오늘 죽은 이에 이르기까지 '죽음만은 피할 수 없다.'고 이성은 외치고 있지 않느냐. 제발 그 무익한 비애는 던져버리고 나를 친아버지로 여겨 다오. 세상에 알리노니 너는 나의 왕위를 계승할 사람이요, 너의 가장 인자한 아버지 못지않게 나도 너를 사랑하고 있다. 너는 뷔텐베르크 대학으로 돌아가고 싶어 하나 그것은 나의 뜻과 어긋나는 일이다. 너는 제발 여기에 남아서 나의 충신으로 그리고 나의 조카이자 아들로서 기쁨과 위안이 되어 다오.

왕비 아들아, 이 어미의 기도가 헛되지 않게 해 다오. 햄릿, 제발 뷔텐베르크에 가지 말고 우리와 함께 있어 다오.

햄릿 아무쪼록 어머님 분부대로 하겠습니다.

왕 음, 그 기특한 대답, 참으로 반갑구나. 이 덴마크에서 나와 다름없이 지내도록 해라. 왕비, 햄릿이 이렇게 기꺼이 승낙해 주니 내 마음이 여간 기쁘지 않소. 이를 축하하는 뜻에서 오늘 이 덴마크 왕인 내가 축배를 들 테니 즐거운 한 잔마다 축포를 울려 하늘에 알립시다. 그러면 하늘도 왕의 주연에 화답하여 지상에 환희의 천둥을 울려 주지 않겠소. 자, 갑시다.

나팔 소리에 따라 햄릿만 남고 퇴장한다.

햄릿 아아, 더러워질 대로 더러워진 이 육체, 녹고 녹아 이슬이 되었으면! 자살을 금하는 신의 계율만 없었더라면 자살해 버릴 텐데. 아, 세상일이 모두 따분하고 멋이 없구나. 진부하고 무익하구나. 아, 싫다, 싫어. 땅의 무성한 잡초 같은 세상에는 천하고 더러운 것들만 활개를 치는구나. 게다가 이렇게 되다니, 돌아가신 지 겨우 두 달 아니, 두 달도 채 못 된다! 참 훌륭한 왕이셨어. 숙부에 비하면 하늘과 땅 차이였는데…….
어머니를 끔찍이도 사랑하셨지. 행여 하늘에서 불어오는 바람이 거셀까 어머님 얼굴을 감싸주셨는데. 아, 이 모든 기억들을 떨쳐버릴 수는 없는 것일까? 늘 아버지께 의지하시던 어머니, 그 사랑을 받아 어머니의 애정도 한층 깊어지는 것처럼 보였지. 그런데 채 한 달이 지나지 않아……, 아예 생각하지를 말자.

약한 자여, 그대 이름은 여자인가? 겨우 한 달, 니오베처럼 온통 눈물에 젖어 가엾은 아버지의 유해를 따라가던 신이 닳기도 전에 아, 그 어머니가, 그런 어머니가 숙부의 품에 안기다니……. 사리를 모르는 짐승이라도 조금은 더 슬퍼했을 것이다. 한 형제라고는 하나, 나와 헤라클레스만큼이나 차이가 나는 자와 한 달도 안 되어 어머니는 결혼했다.

거짓 눈물로 벌개진 눈에서 짓무른 자국이 가시기도 전에 그렇게도 허겁지겁 시동생과 불의의 잠자리로 달려가다니!
세상이 잘못되어 가고 있는 것이다. 결코 용납할 수 없는 일이다. 그러나 이 말은 가슴이 터져도 입 밖에 내서는 안 된다.

호레이쇼, 마셀러스 그리고 버나도 등장.

호레이쇼 안녕하십니까, 왕자님!

햄릿 아니, 호레이쇼……, 호레이쇼가 틀림없겠다?

호레이쇼 그렇습니다. 왕자님! 왕자님의 하찮은 충복이지요.

햄릿 무슨 소릴. 나의 좋은 친구지. 내가 오히려 그렇게 말하고 싶
네. (악수한다.) 그런데 호레이쇼, 뷔텐베르크에서는 왜 돌아왔
나? 아, 마셀러스도. (악수하려고 손을 내민다.)

마셀러스 왕자님!

햄릿 정말 반갑네.

(버나도에게) 아, 자네도 별일 없었나?

(호레이쇼에게) 그런데 자네 정말 무슨 일로 뷔텐베르크에서 돌
아왔나?

호레이쇼 워낙 놀기를 좋아하는 놈이라서요.

햄릿 자네의 적들이 그런 말을 해도 곧이들을 내가 아닌데, 하물며
자기 욕을 하는 자네 말을 내가 믿을 줄 아나? 자넨 게으름
뱅이가 아니야. 대체 무슨 일로 엘시노어에 왔나? 돌아가기
전에 술고래가 되는 법을 가르쳐 주지.

호레이쇼 실은 선왕의 국상에 참석하러 왔습니다.

햄릿 제발 농담하지 말게. 우리 어머니의 혼례를 보러 왔겠지.

호레이쇼 그러고 보니 참, 잇달아서……

햄릿 절약이야, 절약. 초상 밥이 식어서 그대로 잔칫상에 나온다 이 말이거든. 그런 일을 겪으니 차라리 원수를 만나는 게 훨씬 나았을 것 같네. 호레이쇼! 아버님이, 아버님의 모습이 보이는 것 같아.

호레이쇼 어떻게 말씀입니까?

햄릿 내 마음의 눈으로 말이야.

호레이쇼 저도 한 번 뵌 적이 있습니다. 참 훌륭한 왕이셨습니다.

햄릿 어느 모로 보나 훌륭한 인물이셨지. 다시는 그런 인물을 만날 수 없을 거야.

호레이쇼 왕자님, 실은 어젯밤에 뵈었습니다.

햄릿 뵈었다구? 누구를?

호레이쇼 아버님이신 선왕 말씀입니다.

햄릿 아버님, 선왕을?

호레이쇼 잠시 마음을 가라앉히시고 제 말을 들어주십시오. 그 괴이한 일을 말씀드리겠습니다. 이 사람들이 증인입니다.

(마셀러스와 버나도를 바라본다.)

햄릿 제발 어서 얘기해 주게!

호레이쇼 실은 여기 있는 마셀러스와 버나도 두 사람과 이틀 밤을 같이 보초 서다가 목격한 일입니다. 쥐 죽은 듯이 고요한 밤

중에 아버님의 모습을 닮은 형상이 머리 꼭대기에서 발끝까
지 완전무장을 하고 나타나서, 겁에 질린 두 사람 앞을 엄숙
한 걸음걸이로 천천히 걸어가셨답니다. 그것도 손에 쥔 지휘
봉이 닿을 듯이 가까이 세 번씩이나 말입니다. 그 동안 두 사
람은 너무나 무서워서 멍청히 선 채 말도 걸어 보지 못했답
니다. 이 무서운 일을 제게 말해 주기에 셋째 밤에는 저도 같
이 보초를 섰습니다. 그랬더니 두 사람의 말처럼 같은 시각
에 같은 모습으로 그 망령이 나타났습니다. 저는 왕자님의
아버님을 알고 있습니다. 망령의 모습이 생전의 선왕의 모습
과 똑같았습니다.

햄릿 그게 어딘가?

마셀러스 저희들이 보초를 선 망대 위입니다.

햄릿 말을 걸어 보지 않았나?

호레이쇼 걸어 보았습니다. 그러나 대답은 없었습니다. 다만 한 번
고개를 들고 무슨 말을 할 것처럼 보였는데, 바로 그때 닭이
요란하게 우는 바람에 질겁하고 사라져버렸습니다.

햄릿 참으로 이상하구나.

호레이쇼 절대로 거짓말이 아닙니다. 저희들은 이 일을 말씀드리는
것이 의무라고 생각했습니다.

햄릿 물론 당연하지. 하지만 마음에 걸리는구나. 오늘 밤에도 보초

를 서는가?

마셀러스, 버나도 예.

햄릿 갑옷을 입었더라고 했지?

마셀러스, 버나도 예, 갑옷을 입고 있었습니다.

햄릿 머리 꼭대기에서 발끝까지?

마셀러스, 버나도 예, 머리에서 발끝까지.

햄릿 그럼 얼굴은 못 보았겠군.

호레이쇼 아니오. 보았습니다. 마침 투구의 얼굴가리개를 올리고
있었으니까요.

햄릿 그래, 성난 얼굴이던가?

호레이쇼 성난 얼굴이라기보다는 슬픈 표정이었습니다.

햄릿 창백하던가 아니면 혈색이 좋던가?

호레이쇼 매우 창백했습니다.

햄릿 자네를 지그시 바라보던가?

호레이쇼 눈도 깜박이지 않았습니다.

햄릿 내가 그 자리에 있었더라면…….

호레이쇼 무척 놀라셨을 겁니다.

햄릿 그랬을 테지. 그래, 오래 머물러 있었나?

호레이쇼 보통 속도로 100은 족히 헤아릴 만한 시간이었습니다.

마셀러스, 버나도 조금 더 길었네. 더 긴 시간이었어.

호레이쇼 내 생각에는 그렇게 오랜 시간이 아니었네.

햄릿 수염은 희끗희끗하던가?

호레이쇼 생전에 뵈었을 때처럼 검은 수염에 은빛 수염이 섞여 있었습니다.

햄릿 오늘 밤에는 나도 보초를 서겠다. 또 나타날지도 모르니까.

호레이쇼 반드시 나타날 것입니다.

햄릿 존귀한 선친의 모습을 하고 나타난다면, 지옥불이 입을 열어 잠자코 있으라고 명령한다 해도 내가 말을 걸어 보겠다. 자네들에게 부탁하는데 아직까지 이 일을 숨겼거든 앞으로도 침묵을 지켜주게. 그리고 오늘 밤에 무슨 일이 벌어지더라도 입밖에 내지 말아주게. 자네들의 호의에는 보답하겠네. 그럼 잘들 가게. 밤 열한 시와 열두 시 사이에 망대에서 만나세.

모두 충성을 다하겠습니다.

햄릿 아니, 우리들의 우정에 의지하는 거야. 그럼 잘들 가게.

(모두 인사를 하고 퇴장)

아버님의 혼령이라! 갑옷을 입고! 상서롭지 못한 징조인데 무슨 흉사가 생기려나 보다. 밤이 기다려지는구나. 그때까지 가만히 기다려라, 나의 영혼아! 설령 악행이 대지에 덮였더라도 언젠가는 사람의 눈에 드러나고 마는 법이니. (퇴장.)

3장

폴로니어스 집의 한 방
Scena Tertia

레어티스와 그의 누이 오필리아 등장.

레어티스 짐은 다 실었다. 그럼 출발이다, 잘 있어라. 순풍에 떠나
는 배편아! 잠만 자지 말고 이곳 소식도 전해주렴.

오필리아 그렇게도 믿지 못하세요?

레어티스 햄릿에 관한 일인데, 그분에게 호의를 보이고 있는 모양
이지만 그건 다 한때의 기분이고 청춘의 혈기인 걸 알아라.
이른 봄에 피는 제비꽃이랄까? 일찍 피고 아름답지만 지는
것도 빠르고 오래가지 않는다. 한순간의 덧없는 향기, 잠깐
의 위안, 그뿐이란다.

오필리아 그뿐일까요?

레어티스 그렇다고 생각해야지. 사람은 육체의 근육과 피부만 성장하는 것이 아니라 내부에 있는 마음과 정신도 함께 성장하는 거야. 지금은 햄릿도 너를 사랑하겠지. 그분의 순수한 마음을 더럽히는 거짓은 아직 없을 거다. 그렇지만 지위가 지위니만큼 왕자라는 신분의 지배를 받는 그분의 뜻도 그분 것이 아니라는 점을 명심해야 해. 신분이 낮은 사람들과는 달리 마음대로 움직일 수가 없단 말이야. 한 나라의 안위가 그분의 판단 여하에 달려 있으니까. 그래서 왕비를 선택할 때도 자기가 다스리는 국민들의 뜻에 따라간단다. 그러니 너를 사랑한다고 말씀하시더라도 그대로 믿지 않는 게 현명하다. 이 나라 백성들의 찬성이 따라야 하는 특별한 지위에 있는 분의 말씀이거든.

그분이 부르는 사랑의 노래에 솔깃해져서 정신을 잃고 보배 같은 정조를 내주는 날에는, 얼마나 수치스러운 일이 될 것인지 잘 판단해야 해. 조심해라, 오필리아. 내 말을 명심해야 한다. 애정에서 한발 물러서서 욕망의 위험한 화살이 미치지 않는 곳에 있어야 해. 정숙한 처녀는 달님 앞에 고운 살을 내놓는 것조차 부끄럽게 여긴다더라. 아무리 숙녀라 해도 세상의 험담은 피하지 못하고, 봄철의 새싹은 틔우기도 전에 벌

레한테 먹히기 쉽고, 이슬 어린 아침처럼 싱싱한 청춘에는 독기 가득한 해를 입을 수 있다고 한다. 그러니 조심해라. 조심하는 게 상책이야. 청춘이란 상대가 없어도 저절로 욕망이 일어나는 법이니까.

오필리아 오빠의 좋은 말씀은 가슴에 소중히 간직하여 마음의 파수꾼으로 삼겠어요. 하지만 오빠, 악덕한 목사처럼 나한테는 험한 가시밭길이 천당으로 가는 길이라고 가르쳐주면서 오빠는 뻔뻔스러운 방탕아처럼 환락의 꽃길을 가시면 안 돼요.

레어티스 내 걱정은 안 해도 돼. 너무 오래 얘기했구나.

(폴로니어스 등장.)

아버님이시군. 축사가 거듭되면 축복도 갑절이 되겠지. 좋은 기회다. 다시 작별 인사를 드려야겠다. (무릎을 꿇는다.)

폴로니어스 아직도 여기 있었느냐, 레어티스? 빨리 배를 타야지. 원 녀석도! 돛은 순풍을 안고 너를 기다리고 있다. 자, 부디 나의 축복이 너와 함께하길! (아들 머리에 손을 얹는다.)

몇 마디 훈계를 할 테니 단단히 명심해 두어라.

속마음을 함부로 입 밖에 내지 말 것이며, 옳지 못한 생각을 행동에 옮기지 마라. 친구는 사귀되 잡스러워선 안 되고 한번 사귄 좋은 친구는 마음속에 쇠고리로 단단히 걸어 두어라. 하지만 잘난 체하는 풋병아리들과 악수나 하다가는 손바닥만 두꺼워진다. 싸움은 하지 않도록 해라. 그러나 일단 하게 되면 상대방이 앞으로 너를 조심하도록 철저히 싸워라. 누구의 말이나 귀를 기울이되 네 의견은 말하지 마라. 즉, 남의 의견은 들어주되 판단은 삼가라는 말이다.

옷차림에는 지갑이 허락하는 데까지 돈을 써도 좋지만 요란하게 치장하지는 말아라. 값지되 번쩍거리지 않는 옷을 입도록 해라. 옷은 인품을 나타낸다. 프랑스의 상류계급 인사들은 이 방면에 세련된 눈을 지니고 있단다. 돈은 빌리지도 말고 빌려 주지도 말아라. 빌려 주면 돈과 사람을 잃고 빌리면 절약하는 마음이 무디어진다.

무엇보다도 네 자신에게 성실하여라. 그러면 밤이 낮을 따르듯 자연히 남에게 성실한 사람이 되는 법이다. 이 훈계가 네 가슴에 새겨지기를 빌겠다. 그럼 잘 가거라.

레어티스 다녀오겠습니다.

폴로니어스 시간 없다. 어서 가거라. 하인들이 기다리고 있다.

레어티스 (일어서면서) 잘 있어라, 오필리아. 내가 한 말 잊지 말고.

오필리아 이 가슴속에 잘 간직하고 자물쇠를 잠갔으니 열쇠는 오빠가 맡으세요. (둘은 작별의 포옹을 한다.)

레어티스 잘 있어. (레어티스 퇴장.)

폴로니어스 오필리아. 오빠가 무슨 말을 하더냐?

오필리아 저, 왕자님 얘기예요.

폴로니어스 그렇지 않아도 네게 한번 묻고 싶었는데 마침 잘 되었다. 듣자니 햄릿이 요즈음 너한테 자주 드나들고 너 역시 그저 선선히 만나 준다면서? 나더러 조심하라고 일러준 사람이 있었다. 그게 사실이라면 확인해야겠다. 네가 내 딸로서 지켜야 할 체면을 잘 모르고 있으니 큰일이다. 대체 둘 사이는 어떤 관계냐? 사실대로 말해 보아라.

오필리아 요즘 왕자님은 제게 몇 번이나 사랑을 고백하셨어요, 아버지.

폴로니어스 사랑? 허! 이런 철부지 같은 말 좀 들어 보게. 하기야 위험한 꼴을 겪어 본 적이 없으니. 그래, 그 '고백'인가 뭔가 하는 말이 곧이들리더냐?

오필리아 모르겠어요, 어떻게 생각해야 할지.

폴로니어스 저런, 내가 가르쳐주마. 그런 고백을 진심으로 알아듣고 좋아하고 있으니 너는 아직도 어린아이로구나. 이런 비유를 하는 것은 조금 그렇지만……, 좀 더 비싸게 처신하도록 해라. 그렇지 않으면 너는 나를 웃음거리로 만들게다.

오필리아 아버지, 그분은 진실한 마음으로 저를 사랑한다고 하셨어요. 절대 거짓이 아니라시며 하늘에 몇 번이나 맹세하셨는걸요.

폴로니어스 그게 바로 바보를 잡는 덫이란 말이다. 타오르는 열정은 함부로 맹세를 하게 하는 법이지. 애야, 그렇게 불타는 것은 열보다는 빛이 더 많이 나고 불꽃은 열과 함께 사라지고 만단다. 그런 것을 진짜 진심인 줄 알았다가는 큰 코 다친다. 앞으로는 처녀로서 몸가짐을 함부로 하지 말고 만나자고 해도 쉽게 응해서는 안 된다. 좀 도도하게 굴란 말이다. 햄릿으로 말하자면 나이도 젊고 너보다는 훨씬 자유로우신 분이라는 걸 염두에 두고 대해야 한다. 요컨대 오필리아, 그분의 맹세를 믿어서는 안 된다. 그런 맹세는 겉과 달리 속으로 더러운 욕심을 채우려고 여자에게 잘못을 저지르게 하는 뚜쟁이처럼 말만 신성하고 거룩한 체하는 거야. 그러기에 여자들은 더욱 잘 속지.

다시 한 번 분명히 말해 두는데, 앞으로는 왕자님과 말을 나누거나 만나서는 안 된다. 알겠지? 나의 명령이다. 자, 들어가자.

오필리아 아버지 말씀대로 하겠어요.　　　　　　　(두 사람이 퇴장한다.)

4장

총안에 있는 흉벽 위의 좁은 길

Scena Quarta

햄릿, 호레이쇼, 마셀러스, 망대에서 등장.

햄릿 밤바람이 살을 에는 듯이 차구나. 정말 추운 날이다.

호레이쇼 살을 콕콕 에는 듯한 추위군요.

햄릿 지금 몇 신가?

호레이쇼 아직 자정은 안 된 것 같습니다.

마셀러스 아닙니다. 밤 열두 시를 쳤습니다.

호레이쇼 그래? 난 왜 못 들었지. 그럼 슬슬 그 유령이 나타날 때가

됐군. (갑자기 성 안에서 나팔 소리와 대포 소리가 들린다)

저건 뭡니까, 왕자님?

햄릿   왕이 밤새도록 주연을 베풀고 부어라 마셔라 난장판이라네.
왕이 라인 포도주를 한 잔 들이킬 때마다 저렇게 북을 치고
나팔을 불어서 왕의 축배를 사방에 떠들썩하게 알리는 거야.

호레이쇼   풍습입니까?

햄릿   그래. 하지만 이곳 태생이고 이 나라 풍습에 젖어 있는 나까
지도 지키는 것보다 깨뜨리는 편이 도리어 명예스러울 거라
는 생각이 든다네. 저런 술타령 덕분에 온 세상 사람들이 우
리를 비난하고 경멸하며 주정뱅이니 돼지니 욕을 하고 있거
든. 그러니 아무리 훌륭한 공적을 세워도 모처럼의 명예가
다 헛것이 되고 마는 것이야.

개인의 경우에도 타고난 성격의 결함이 있으면 흔히 있는 일
이라네. 인간의 출생은 제 마음대로 되는 것이 아니니 당사
자의 잘못은 아니지. 하지만 어떤 사람은 성질이 너무 과격
해서 이성의 울타리를 넘기도 하고, 어떤 사람은 성벽이 지
나쳐서 세상 관습에 어긋나기도 하거든. 어쨌든 선천적이든
후천적이든 성격적인 결점을 하나 짊어진 사람들은 순수한
미덕을 아무리 많이 가지고 있더라도 그 하나의 흠 때문에
세상의 시선들은 부패한 것으로 받아들인단 말이지. 고귀한
성품도 티끌만 한 결점 때문에 그 본질을 의심받고 욕이나
먹는단 말이지.

그때 유령이 나타나 손짓한다.

호레이쇼 왕자님, 저기 보십시오. 유령이 나타났습니다.

햄릿 모든 천사들이여, 우리를 보호해 주소서! 그대는 성령인가,
악마인가? 천상의 영기인가, 지옥의 독기인가? 그대 마음속
에 숨어 있는 선악의 의도는 모르겠지만 그런 수상한 모습으
로 나타났으니 말을 건네 보지 않을 수 없다. 내 그대를 덴마
크의 햄릿 왕, 아버지라 부르리라.
오, 대답해 주십시오! 답답해서 가슴이 터질 지경입니다. 돌
아가신 후 교회의 격식대로 매장된 아버지의 유해가 어떻게
수의를 벗어던지고 나타나신 겁니까? 아버지를 안치한 무덤
이 왜 그 육중한 대리석의 입을 벌려 밖으로 다시 뱉어낸 것
입니까? 죽은 시체가 다시 완전무장을 하고 어스름 달빛 아
래 나타나 이 밤을 무섭게 만드는 까닭은 무엇입니까? 현세
에 사는 우리의 영혼이 알 수 없는 의혹으로, 이토록 우리의
간담을 서늘하게 하는 까닭이 무엇입니까? 말해 보십시오.
무엇 때문입니까? 어떻게 하란 말입니까?　(유령이 손짓한다.)

호레이쇼 따라오라고 손짓합니다. 왕자님께만 할 얘기가 있나 봅니
다.

마셀러스 보십시오. 다른 데로 가자고 아주 점잖게 손짓하고 있습

니다. 그렇지만 따라가지 마십시오.

호레이쇼 절대로 가시면 안 됩니다.

햄릿 아무 말도 하지 않으려고 하는데, 그냥 따라가 보겠다.

호레이쇼 안 됩니다, 왕자님.

햄릿 왜, 무서울 게 뭐가 있나? 바늘만큼의 값어치도 없는 나의 목숨이다. 내 영혼 역시 저 유령과 마찬가지로 불멸인데 무슨 짓을 하겠는가?

호레이쇼 만일 바다 속에라도 끌려가시면 어떻게 하시겠습니까? 혹시 바다에서 쑥 튀어나온 무서운 절벽 꼭대기로 유인해 갈지도 모릅니다. 그러다가 갑자기 괴물로 변하여 이성의 힘을 빼앗고 미치게라도 만들면 어떻게 하시려고요. 생각해 보십시오. 까마득한 절벽 위에서 저 아래 바다를 내려다보며 거센 파도 소리만 듣고 있어도 아무런 이유도 없이 미칠 것처럼 괜히 불안해집니다.

햄릿 계속해서 손짓하고 있구나. 나는 따라가겠다.

마셀러스 안 됩니다, 왕자님.

햄릿 놓아라!

호레이쇼 진정하십시오. 못 가십니다.

햄릿 나의 운명이 부르고 있다. 온몸의 핏줄이 저 네메아 사자의 힘줄처럼 부풀어 오르는구나. 저렇게 부르고 있지 않느냐.

어서 놓아라!   (뿌리치고 칼을 뺀다.)

비키라니까! 나는 따라가겠다.

유령이 작은 망대 쪽으로 사라진다. 햄릿이 그 뒤를 따라간다.

호레이쇼 환상에 홀려서 넋을 잃으셨다.

마셀러스 우리도 뒤따라가 보세. 가만히 있을 수는 없지 않은가?

호레이쇼 따라가 봐야지. 이게 대체 무슨 일일까?

마셀러스 이 덴마크의 어딘가가 썩어 있는 거야.

호레이쇼 하늘에다 맡기는 수밖에……

마셀러스 자, 따라가 보세.   (두 사람이 따라가고 모두 퇴장한다.)

5장

성벽 밑에 있는 공지
Scena Quinta

성벽의 문이 열리고 유령 등장한다. 햄릿은 뽑은 칼을 십자가처럼 유령에게 들이대면서 그 뒤를 따라 걸어 나온다.

햄릿 어디로 가는 겁니까? 말하시오. 이제 더는 가지 않겠소.

유령 (뒤돌아보면서) 잘 들어라.

햄릿 그러겠소.

유령 유황불이 타는 지옥의 업화에 몸을 맡겨야 하는 시간이 다가온다.

햄릿 아, 가엾은 망령!

유령 날 동정하지 말고 내 애기를 잘 들어라.

햄릿 말하시오. 듣겠소.

유령 듣고 나거든 나의 원수를 갚아야 한다.

햄릿 뭐라고요?

유령 나는 네 아비의 혼령이다. 밤에는 어둠 속을 헤매어 다니고, 낮에는 불에 휩싸여 탄식하며 생전에 저지른 악행이 깨끗하게 타기를 기다려야 하는 것이 내 운명이다. 연옥의 비밀을 말한다면 네 영혼은 당장 두려움에 오그라들고 네 젊은 피는 얼어붙을 것이며, 두 눈은 유성처럼 눈구멍에서 튀어나오고 곱슬곱슬한 네 머리칼은 화난 고슴도치의 바늘 같은 털처럼 가닥가닥 곤두서리라. 그러니 영원한 저승의 비밀을 살아 있는 인간에게 전할 수는 없다. 들어라, 들어라, 오, 들어봐라! 일찍이 네가 아비를 조금이라도 사랑했다면…….

햄릿 오, 하나님!

유령 그 비열하고 무도한 암살을 복수해 다오.

햄릿 암살?

유령 암살은 아무리 좋게 보아도 비열하지만, 이 경우에는 그야말로 가장 비열하고 괴이하고 무도한 살인이었다.

햄릿 어서 말씀해 주십시오. 원수를 갚으러 쏜살같이 날아가겠습니다.

유령 기특하다. 이런 말을 듣고도 분기하지 않는다면 저승에 흐르는 레테 강변의 무성한 잡초보다도 더 아둔한 인간이다. 자, 햄릿, 들어보아라. 내가 정원에서 잠들어 있을 때 독사에 물려 죽은 것으로 세상에 알려지고 덴마크 백성들은 그 꾸며진 죽음의 원인에 감쪽같이 속고 있더구나. 햄릿! 실은 네 아비를 물어 죽인 그 독사가 지금 아비의 왕관을 쓰고 있단다.

햄릿 아, 어쩐지 그런 예감이 들더라니! 역시 숙부가!

유령 그렇다. 악마의 지혜와 음험한 재주를 가진 그 음탕하고 불륜의 짐승 같은 놈! 아, 그토록 교묘하게 여자의 마음을 농락할 수 있다니 얼마나 간사한 지혜와 재주인가! 그렇게도 정숙하던 왕비의 마음을 꾀어 수치스럽게도 그놈은 음란한 잠자리로 끌어들였다.

햄릿, 이게 웬 배신이냐? 결혼식에서 한 맹세를 자나 깨나 지켜온 나의 사랑을 배반하고, 천품이 나와는 비교도 안 되는 그 비열한 놈하고 배가 맞다니! 정숙한 여자는 욕정이 천사로 가장하여 유혹한다 해도 움직이지 않지만, 음탕한 여자는 빛이 나는 천사와 짝을 지어도 천상의 잠자리에 싫증을 내고 쓰레기통에서 썩은 고기를 뒤진단다.

가만, 벌써 새벽 공기의 냄새가 나는구나. 간단히 이야기하마. 나는 오후에 늘 하던 습관대로 그날도 정원에서 마음 놓고 낮잠을 자고 있었다. 그때 너의 숙부가 헤보나 독이 든 병을 들고 살금살금 다가와서는, 문둥병처럼 피부를 뭉그러뜨리는 그 끔찍한 독약을 내 귀에 부어 넣었단다. 이 독약은 사람의 피를 굳게 하는 극약이라, 수은처럼 삽시간에 온몸의 모든 혈관을 구석구석 돌아 우유에 초를 한 방울 떨어뜨리듯 맑고 건강한 피를 응고시키고 만다. 헤보나 독은 매끄러운 피부에 보기에도 징그러운 문둥이처럼 부스럼이 솟아나고 피가 응고되게 만들었다.

나는 낮잠을 자다가 이렇게 동생의 손에 생명과 왕관과 왕비를 한꺼번에 빼앗기고 말았던 것이다. 하필이면 죄악의 꽃이 만발한 시기에 목숨이 갑자기 끊겨 성찬식도 못 올리고, 신부님의 위안도 받지 못하고, 임종의 도유도 받지 못했다. 또한 참회도 못하여 온갖 죄상으로부터 몸과 마음이 더럽혀진 채 하늘의 심판장에 끌려가고 말았구나. 아, 무섭다, 무서워! 너무나도 무섭다!

만일 너에게 효심이 남아 있거든 이대로 참아서는 안 된다. 덴마크 왕의 침상을 패륜과 음욕의 자리가 되게 해서는 안 된다. 그러나 어떤 수단을 쓰더라도 이성을 잃지 말고 네 어미를 해칠 생각은 하지 마라. 네 어머니는 하나님께 맡겨라. 쿡쿡 찔러대는 양심의 가시에 맡겨라.

이제 돌아가야겠다. 반딧불이 희미해지는 것을 보니 날이 새는 모양이다. 잘 있어라, 잘 있어라. 나를 잊지 말아라!

(유령은 땅속으로 사라지고, 햄릿은 미친 듯이 무릎을 꿇는다.)

햄릿 오, 해와 달이여, 별이여, 대지여, 또 뭐가 있지? 지옥도 불러

볼까? 무슨 소리! 흥분하지 마라, 햄릿. 오, 나의 육체여, 약

해지지 말고 꿋꿋이 버티어 다오. (일어선다.)

잊지 말라고요? 그러겠습니다, 가엾은 혼령이여! 이 미친 뇌

속에 조금이라도 기억이 남아 있는 한 잊지 않겠습니다. 잊

지 말라고요? 좋습니다. 내 기억의 장부에서 하찮은 기록일

랑 싹싹 지워 버리겠습니다. 책에서 얻은 격언, 젊었을 때 관

찰에서 얻은 모든 형상과 경험을 지워버리겠습니다. 당신의

명령만을 기억 속에 간직해 두고 하찮은 것들과 섞지 않겠습

니다. 맹세코 그러겠습니다!

오, 참으로 고약한 여자! 오, 악당아, 악당아, 미소를 띠고 있

는 저주 받을 악당아! 그래, 수첩에 적어 둬야지.

(무언가를 적는다.)

인간은 생글생글 미소를 짓고 있으면서도 악마가 될 수 있

다. 적어도 이 덴마크에서는 틀림없이 그럴 수 있다. 숙부,

분명히 적어 놓았소. 다음에는 내 자신의 격언, '잘 있어라,

잘 있어라, 이 아비를 잊지 말아라'에 대해서.

(무릎을 꿇고 칼집에 손을 얹고 맹세한다.)

이렇게 나는 맹세했다.   (기도를 올린다.)

호레이쇼와 마셀러스가 어둠 속에서 성문을 나오며 햄릿을 불러댄다.

호레이쇼 왕자님, 왕자님!

마셀러스 햄릿 왕자님!

호레이쇼 하나님, 왕자님을 보살펴 주소서!

마셀러스 보살펴 주소서!

호레이쇼 왕자님, 왕자님, 어디 계십니까?

햄릿 어이, 여기다. 이쪽으로 오라!   (두 사람이 햄릿을 발견한다.)

마셀러스 왕자님, 괜찮으십니까?

호레이쇼 어떻게 됐습니까, 왕자님?

햄릿 아주 근사한데!

호레이쇼 말씀해 주십시오.

햄릿 안 돼, 누구한테 말하려고?

호레이쇼 저는 맹세코 하지 않습니다.

마셀러스 저도 맹세합니다.

햄릿 그렇다면 말해주지. 사람의 마음이 그런 일을 생각할 수 있을까? 어떻게 생각하나? 그런데 비밀은 지킬 거지?

마셀러스, 버나도 우리 두 사람 맹세합니다. 왕자님.

햄릿 덴마크에 사는 악인치고 악당 아닌 놈이 없다니까.

호레이쇼 그 말을 하려고 유령이 일부러 무덤에서 나올 것까지는 없었습니다.

햄릿 그래, 맞았어. 자네 말이 옳아. 그러니 이제 구구하게 더 말할 것 없이 악수나 하고 헤어지는 게 좋을 것 같군. 자네들도 볼 일이 있을 것 아닌가. 누구나 다 저마다 할 일이 있는 법이니 까. 나는 기도하러 가겠네.

호레이쇼 허황되고 부질없는 말씀만 하십니다.

햄릿 자네 감정을 상하게 해서 미안하네. 정말 미안해.

호레이쇼 감정이 상하다니요? 별 말씀을 다 하십니다.

햄릿 (호레이쇼에게) 아냐, 그럴 일이 있어. 정말이야. 나로서는 매우 감정이 상하는 일이 있네. 아까 나온 헛것 말인데 그건 진짜 유령이야. 유령과 무슨 얘기를 나눴는지 궁금하겠지만 그건 참아주게.

(두 사람에게) 그런데 친구로서 학자로서, 그리고 군인으로서 내 부탁을 들어주겠나?

호레이쇼 무엇입니까, 왕자님? 기꺼이 들어드리겠습니다.

햄릿 오늘 밤에 본 일을 아무에게도 말하지 말게.

마셀러스, 버나도 절대로 하지 않겠습니다.

햄릿 그래, 맹세하게.

호레이쇼 맹세코 누설하지 않겠습니다.

마셀러스 저도 누설하지 않겠습니다. 맹세코.

햄릿 (칼을 빼 들고) 이 칼을 두고 맹세하게.

마셀러스 이미 맹세했습니다, 왕자님.

햄릿 정식으로 이 칼을 두고 맹세하게.

유령 (지하에서) 맹세하라!

햄릿 하하, 이 망령도 그렇게 말하는군. 거기 있었나, 친구? 자, 이 친구가 지하에서 하는 소리 들리지? 어서 맹세하게.

호레이쇼 맹세의 말씀을 하십시오.

햄릿 오늘 밤에 본 일을 절대로 누설하지 않겠다고.

(두 사람이 칼자루에 손을 대고 맹세한다.)

유령 (지하에서) 맹세하라!

햄릿 이거 신출귀몰이로군. 우리 자리를 옮겨 볼까. 자네들, 이쪽으로 와서 내 칼에 손을 대게. 오늘 밤에 들은 일을 절대로 누설 않겠다고 이 칼을 두고 맹세하게.

유령 (지하에서) 그 칼을 두고 맹세하라!

햄릿 잘도 쫓아오는군, 두더지 선생! 그렇게 빨리 땅속을 뚫고 돌아다닐 수도 있나, 대단한 공병 군인 같군! 자, 한 번 더 옮겨 보세.

호레이쇼 허, 그것 참 기괴하다.

햄릿 그러니까 낯선 손님으로 생각하고 환영이나 해두게. 하늘과 땅 사이에는 우리 철학으로는 상상할 수도 없는 일이 얼마든지 있다네. 호레이쇼, 신의 가호를 받으려거든 아까처럼 맹세하게. 나는 앞으로 필요에 따라 괴상한 행동을 할지도 몰라. 그럴 때 내가 아무리 이상하게 보이더라도 자네들은 팔짱을 끼거나 고개를 갸웃거리면서 혹은 의미심장한 표정으로, "그래, 그래. 우리도 알고 있어.", "설명하려면야 할 수도 있지." 한다든가, "잠자코 있지 뭐." 하든지, "말해도 된다면." 하는 모호한 말투로 마치 내 신상의 비밀을 알고 있는 것처럼 말하지 말아 달라는 거야. 자, 신의 가호를 두고 맹세하게.

유령 (지하에서) 맹세하라!

햄릿 진정해라, 진정해, 친구. 이 불안한 영혼이 부탁하네. 지금은 비록 가엾은 햄릿이지만 하나님이 허락하신다면 언젠가 자네들의 우정에 보답할 수 있을 거야. 자, 같이 들어가세. 제발 입을 다물어야 해.

(혼잣말 비슷하게) 정말 혼란스럽구나. 아, 지긋지긋하다. 내가 그것을 바로잡을 운명을 타고나다니!

(두 사람에게) 자, 같이 들어가지.　　　　(모두 성안으로 들어간다.)

THE TRAGEDIE OF
HAMLET, Prince of Denmarke.

제2막

Actus Secundus.

1장

폴로니어스 집의 한 방

Scena Prima

폴로니어스와 레널도 등장

폴로니어스 이 돈과 편지를 레어티스에게 전해 주어라, 레널도.

레널도 예.

폴로니어스 아니, 이렇게 하는 편이 더 낫겠다. 그 애를 만나기 전
에 그 애의 행적부터 살펴보아라, 레널도.

레널도 저도 그럴 생각이었습니다.

폴로니어스 그래? 잘 생각했다. 잘 생각했어. 먼저 파리에는 어떤
덴마크 사람들이 와서 살고 있는지, 그들이 누구이며 어떤
생활을 하고 있는지, 어떤 친구들과 사귀고 돈을 얼마나 쓰

고 있는지 알아보아라. 그런 것들을 넌지시 물어보다가 누가 레어티스를 안다고 하거든 그때 그 녀석에 관한 질문으로 좁혀 가는 거야. 그리고 너도 그 애를 좀 알고 있다는 눈치를 슬쩍 보여라. 이를테면, "그 사람 아버지와 친구들을 압니다. 본인도 조금은 알죠." 하는 식으로 말이다. 알겠느냐, 레널도?

레널도 예, 잘 알겠습니다.

폴로니어스 "본인도 조금은 알죠, 하지만" 해놓고선 이렇게 계속하는 거야.

"잘은 모르지만 그는 굉장히 거친 사람입니다. 이러이러한 나쁜 버릇이 있구요." 이렇게 생각나는 대로 몇 가지 버릇을 말하고 그래도 그 녀석 체면이 너무 깎일 만한 욕은 해서는 안 된다. 그 점은 매우 조심해라. 그저 구김살 없는 젊은이에게 으레 따라다니는 분방하고 거친 행동이나 흔한 실수 정도로 해 두어야 한다.

레널도 이를테면 도박 같은 것 말씀입죠?

폴로니어스 그렇지. 또 술, 칼싸움, 논쟁, 다툼, 외도……, 이런 정도면 상관없을 게다.

레널도 그렇지만 외도라면 도련님의 체면이 조금 상하겠습니다.

폴로니어스 상관없을 것이다. 말이야 하기에 달렸지 않느냐. 하지

만 그 이상의 욕을 덧붙여서 이름난 오입쟁이로 만들어서는
안 된다. 그건 내 본뜻이 아니다. 자유분방한 나이에 흔히 있
는 탈선처럼 들리도록 해라. 불같은 성격의 일시적인 폭발이
나 혈기를 못 이긴 정열적인 행동이랄까 아무튼 누구나 한때
겪는 것처럼 말하는 게야.

레널도 그런데 저어……,

폴로니어스 왜 그러느냐?

레널도 그 까닭을 알고 싶습니다.

폴로니어스 그래, 내 속마음은 이렇단다. 내 딴에는 묘안인 것 같
은데, 내 아들을 슬쩍 험담해 보는 거지. 어쩌다 그만 실언
이 튀어나온 것처럼 말이다. 상대방이 만약 그 애의 나쁜 짓
을 직접 보았다면 반드시 맞장구를 칠 것이다. "예, 그래요."
하든가, 자기네 지방의 말투나 신분에 따라 "친구" 또는 "선
생" 하고 적당히 부르면서 말이다.

레널도 예, 그렇겠죠.

폴로니어스 그리고 그 사람은 에, 에, 그 사람은 말이야, 어? 내가
무슨 말을 하려고 했더라? 원, 내 분명히 무슨 말을 하려고
했는데……. 내가 어디까지 말했지?

레널도 "맞장구를 칠 것이다." 하고, "친구"라든가, "선생"이라고
한다는 데까지 말씀하셨습니다.

폴로니어스 맞장구를 칠 것이다? 아, 참 그렇지! 상대방은 이렇게 맞장구를 칠 게 아니냐. "나도 그 사람을 압니다. 어제도 만났습니다." 아니면, "얼마 전에 만났습니다."라든가, "이러이러한 때 이러이러한 사람과 같이 가는 것을 봤습니다.", "댁의 말마따나 도박을 하고 있었습니다. 많이 취해 있더군요.", "테니스를 하다가 말다툼을 했습니다."라든가 또 어쩌면, "어떤 영업집에 들어가는 것을 보았습니다." 영업집이란 유곽을 말하는데 아무튼 그런저런 소리를 할 게 아니냐. 이렇게 거짓 미끼를 던져서 진짜 잉어를 낚자는 거지. 만사에 나처럼 지혜와 선견지명이 있는 사람은 이렇게 간접적인 방법으로 사실을 알아낸단다. 그러니 너도 내가 일러준 대로 하면 틀림없이 내 아들의 행적을 알아낼 것이다. 알아들었느냐?

레널도 예, 잘 알겠습니다.

폴로니어스 그리고 네 눈으로도 그 애 동정을 잘 살펴야 한다.

레널도 염려 마십시오.

폴로니어스 사실을 털어놓게 해서라도 말이다.

레널도 잘 알았습니다.

폴로니어스 그럼, 잘 다녀오너라.

(레널도는 퇴장하고, 오필리아가 허겁지겁 달려 들어온다.)

아니, 오필리아. 무슨 일이냐?

오필리아 아버지, 너무 무서웠어요.

폴로니어스 대체 뭐가 말이냐?

오필리아 아버지, 제가 방에서 바느질을 하고 있는데, 햄릿왕자가 웃옷의 앞가슴을 풀어헤치고 모자도 없이, 때 묻은 양말은 고리가 벗겨져 발목까지 흘러내린 모습으로 뛰어들어 오셨어요. 그러고는 창백한 얼굴에 슬픈 눈으로, 마치 무서운 말을 전하기 위해 지옥에서 풀려 나온 사람처럼 몸을 떨면서 제 앞으로 다가오셨어요.

폴로니어스 너에 대한 사랑으로 미친 것 아니냐?

오필리아 모르겠어요, 아버지. 그럴지도 몰라요.

폴로니어스 그래, 뭐라고 하더냐?

오필리아 제 손목을 잡더니 한발 물러서서 한쪽 손으로 이렇게 이마 위를 가리고 초상화라도 그리려는 듯이 제 얼굴을 유심히 들여다보기 시작했어요. 한참 그러고 나더니 나중엔 제 팔을 가볍게 흔들고 고개를 세 번 끄덕끄덕하시면서 한숨을 푹 내쉬었어요. 얼마나 처량하고 무거운 한숨인지 그분의 온몸이 산산이 부서지고 숨이 끊어지는 것만 같았어요. 그러고 나서야 제 손목을 놓아 주셨죠. 저를 어깨너머로 돌아보시면서 끝까지 저한테서 눈길을 떼지 않은 채 그대로 곧장 밖으로

나가셨어요.

폴로니어스 같이 가서 왕을 뵈어야겠다. 이것이 바로 사랑의 광증이라는 게야. 한번 발작하면 제 몸을 스스로 망치고, 마침내는 자제력을 잃어 어떤 무모한 짓을 하게 될지 모르거든. 본디 인간의 본성을 괴롭히는 격정이 다 그렇지만 사랑만큼 무서운 것은 없지. 거 안됐구나. 그런데 너 요새 그분께 무슨 심한 말이라도 했느냐?

오필리아 아뇨. 다만 아버님 분부대로 그분의 편지를 돌려보내고 찾아오지 마시라고 거절했을 뿐이에요.

폴로니어스 그래서 실성하신 거다. 참으로 안됐구나. 내가 좀 더 자세히 주의해서 살펴볼 것을 그랬어. 글쎄, 그분이 한때의 객기로 너를 망치려고 하는 줄 알았지 뭐냐. 이렇게 되고 보니 내 의심이 원망스럽구나. 정말 늙은이들은 지나치게 쓸데없는 걱정을 하게 마련이고 젊은 녀석들은 하나같이 분별이 없단 말이야. 자, 왕께 가 보자. 어쨌든 이 사실을 말씀드려야겠다. 가서 사실을 말하면 노여워하시겠지만 비밀로 해두었다가는 나중에 더 큰 화근이 되겠다. 자, 어서 가자.

2장

궁정 안의 접견실

Scena Secunda

뒤쪽에는 대기실이 있고 입구 좌우에는 커튼이 내려져 있으며, 그 안쪽에 문이 보인다. 나팔 소리와 함께 왕과 왕비가 로젠크랜츠, 길든스턴 및 귀족들을 거느리고 등장.

왕 반갑구나, 로젠크랜츠, 길든스턴! 전부터 만나고 싶기도 했지만, 갑자기 수고를 끼칠 일이 생겨서 급히 너희 두 사람을 불러오게 했다. 그대들도 어느 정도는 알고 있겠지만 햄릿이 딴사람처럼 변해버렸다. 어찌나 심한지 겉으로나 속으로나 아주 종잡을 수 없게 되어버렸다. 아버지가 돌아가신 것 이외에는 이렇게까지 지각을 잃어버리게 된 원인을 알 길이 없구나. 그래서 너희들에게 부탁하고 싶은 것은, 어려서부터 왕자와 함께 자라 그 기질을 잘 알고 있을 터이니 잠시 이 궁성에 머물면서 왕자의 벗이 되어 다오. 즐거운 놀이도 권해 보고 기회를 잘 살펴서 왕자의 고민이 무엇인지 알아봐 주렴. 원인을 알면 치료할 방법도 있을 게 아니냐.

왕비 햄릿은 늘 그대들 얘기를 했어요. 그대들처럼 햄릿이 그리워하는 벗은 또 없을 거예요. 잠시 이곳에 머물면서 친절하게 힘이 되어 준다면 이렇게 일부러 찾아준 데 대해 왕께서도 잊지 않고 응분의 보답을 하실 거예요.

로젠크랜츠 두 분의 높으신 권한으로 명령하는 것이 마땅한데 부탁이라니 황공하기 그지없습니다.

길든스턴 분부대로 저희들은 죽음으로써 충성을 다할 것을 맹세합니다.

왕 고맙다, 로젠크랜츠, 길든스턴.

왕비 고마워요. 너무 많이 변한 내 아들에게 한번 가 봐요. 두 사람을 햄릿이 있는 곳으로 안내해 드려라.

길든스턴 하느님, 저희들의 체류와 충성이 햄릿왕자께 위로가 되고 도움이 되게 하소서!

왕비 아멘! (로젠크랜츠와 길든스턴, 예를 올린 뒤 퇴장.)

폴로니어스 폐하, 사절단이 노르웨이로부터 좋은 소식을 가지고 돌아왔습니다.

왕 경은 언제나 기쁜 소식을 가져오는 사람이야.

폴로니어스 그렇습니까, 폐하? 저는 하나님께나 은혜 깊은 폐하께나 제 영혼을 받들 듯 의무를 다하는 몸입니다. 신은 드디어 햄릿왕자님의 저러시는 원인을 알아냈습니다. 대강 알아낸 것 같습니다만 혹시 틀렸다면 이 머리도 이제는 늙어서 예전 같이 국정을 바로 살피지 못하게 된 것이 분명합니다.

왕 어서 말해 보오! 참으로 궁금하오.

폴로니어스 사신들을 먼저 접견하십시오. 신이 알아낸 것은 그저 성찬 뒤의 입가심으로나 삼으시면 될까 합니다.

왕 그럼 경이 가서 사신들을 맞아들이시오.　(폴로니어스 퇴장.)
왕비, 재상이 햄릿의 광증에 대한 원인을 알아냈다는구려.

왕비 그렇지만 선친의 별세와 우리의 갑작스러운 결혼 이외에 다른 원인은 없는 것 같은데요.

왕 어쨌든 들어봅시다.

　　　　(폴로니어스가 볼티먼드와 코닐리어스를 데리고 등장.)
경들의 귀국을 환영하오. 그래, 볼티먼드 우방 노르웨이 왕은 뭐라고 했소?

볼티먼드 (두 사람에게 예를 올린 뒤) 폐하의 친서에 대하여 지극히 정중한 말씀을 주셨습니다. 저희들의 첫 번째 제의에 곧장 신하를 파견하여 조카 포틴브라스의 모병을 중지시켰습니다. 그 모병이 폴란드와 싸우기 위한 준비인 줄로만 알았던 것이, 조사해 보니 사실은 폐하에 대한 음모였음이 밝혀졌다고 합니다. 늙고 병들어 자리에 누운 자신의 무기력함을 알고 이렇게 속이다니 이 얼마나 원통한 일인가 하고 분하게 생각하여, 즉시 중지 명령을 내리고 포틴브라스는 이에 따라 모병을 중지했습니다. 그리고 노왕의 대단한 꾸지람을 받고 결국 다시는 폐하에 대해 감히 무력행사를 꾀하지 않을 것을 숙부 어전에서 맹세했습니다. 노왕은 지극히 만족하여 연금 삼천 크라운에 해당하는 토지를 내리고, 이미 모집한 군대는 폴란드 원정을 하기로 했는데, (편지를 왕 앞에 바치면서) 그 원정을 위한 군대가 폐하의 영토를 지나가도록 허가해 주시기 바란다는 것이었습니다. 영토를 지나감에 있어 이쪽의 안전과, 그쪽의 행동 규범 등에 대해서는 이 편지에 자세히 적혀 있습니다.

왕 (편지를 받으면서) 음, 잘 되었소. 이 편지는 나중에 읽어 보고 신중히 고려한 뒤에 답을 하기로 하겠소. 하여간 경들의 활약을 치하하오. 물러가서 쉬도록 하오. 저녁에는 축하연을 베풀겠소. 귀국을 진심으로 환영하오!

(볼티먼드와 코닐리어스, 예를 올린 뒤 퇴장.)

폴로니어스 일이 원만히 해결되었습니다. 그런데 폐하, 그리고 왕

비님, 여기서 국왕의 주권은 어떠하여야 하고 신하의 본분은

무엇이며, 어째서 낮은 낮이고 밤은 밤이며, 시간은 시간인

가 하는 문제를 따지는 것은 공연히 밤과 낮과 시간을 허비

하는 것밖에 안 됩니다. 그래서 무릇 간결한 것은 지혜의 진

수요, 장황한 것은 그 손발과 겉치레이므로 간단히 말씀드리

겠습니다. 감히 말하지만 햄릿 왕자님은 실성하신 것이 분명

합니다. 왜냐하면 진정한 실성의 의미를 규정하건대 실성한

것 이외에는 아무것도 아닌 것, 곧 실성이 아니겠습니까? 하

지만 이건 그만해 두고.

왕비 핵심을 말씀하세요, 익살은 그만 떠시고.

폴로니어스 왕비님, 신은 결코 익살을 떠는 것이 아닙니다. 왕자님

의 실성, 그건 사실입니다. 사실이어서 대단히 유감이지만

사실입니다. 이런 어리석은 익살, 이제 그만하겠습니다. 글

쎄 익살을 떨 생각은 조금도 없으니까요. 그런데 왕자님의

실성, 일단 실성으로 단정한다면 남은 문제는 이러한 결함의

원인을 알아내는 일입니다. 왜냐하면 이러한 결함에는 반드

시 원인이 있게 마련이거든요. 그런데 문제라는 것이 이러하

오니 신중히 고려하십시오. (웃옷 안에서 몇 장의 편지를 꺼낸다.)

신에게 딸이 하나 있습니다. 분명히 그 원인이 지금은 제 딸

년임에 틀림없습니다. 이 딸년이 아비에 대한 효심과 의무에서, 보십시오. 이런 것을 내놓았습니다. 부디 살펴 주십시오.

(햄릿의 편지를 읽는다.)

'천사 같은 내 영혼의 우상, 아름다운 오필리아에게……,' 문구가 졸렬하군요. 게다가 속되기도 하구요. '아름다운', 이건 속된 표현입니다. 하여튼 들어보십시오, 이렇습니다. (읽는다.) '당신의 티 없이 새하얀 가슴에, 이 말을…….'

왕비 그 편지를 햄릿이 오필리아에게 보냈단 말씀이에요?

폴로니어스 잠깐만 기다리십시오, 왕비님. 모두 읽어 드리겠습니다.

'별은 불이 아닐까 의심하고
태양은 과연 돌까 의심하고
진리도 거짓이 아닐까 의심스러울지라도
나의 사랑만은 의심하지 말아 주오.

아, 사랑하는 오필리아. 나는 이런 운율에 서툰 사람이라 사랑의 고민을 시로 잘 읊어낼 만한 위인이 못 되오. 그러나 나는 당신을 가장 깊이, 무엇보다도 깊이 사랑하고 있소. 이것만은 믿어 주오. 잘 있으시오. 아름다운 여인. 이 몸이 살아 있는 한 영원히 당신의 것인 햄릿 드림'

이렇게 쓴 편지를 제 딸에게 보냈습니다. 딸년은 이 편지를 순순히 이 아비에게 내놓았습니다. 뿐만 아니라 둘이서 언제 어떻게 어디서 정담을 나누었나 하는 것까지도 모두 저에게 털어놓았습니다.

왕 오필리아는 어떻게 했소? 그의 사랑을 받아들였소?

폴로니어스 저를 어떻게 생각하십니까?

왕 물론 충성되고 결백한 인물인 줄 알고 있지.

폴로니어스 그런 인물이면 얼마나 좋겠습니까? 그런데 어떻게 생각하실지 모르겠습니다만 실은 딸년이 고백하기 전부터 저는 이미 눈치 채고 있었습니다. 만약 이 아비가 날개를 단 이 뜨거운 사랑을 보고 책상이나 테이블 위의 장식용 서적처럼 멍청하게 방관했다면 저를 어떻게 생각하시겠습니까? 폐하, 그리고 왕비님! 아니올시다. 소신은 즉시 손을 써서 딸년에게 말했습니다. "햄릿님은 왕자의 신분, 네게는 하늘의 별이다. 이건 도저히 안 되는 일이다." 그리고 앞으로는 햄릿왕자가 출입하시는 장소에서 몸을 피하고 심부름 온 사람도 들이지 말 것이며, 선물도 받지 말라고 타일렀습니다. 딸년은 물론 제 말을 따랐습니다. 하지만 이렇게 거절당한 햄릿왕자께서는, 간단히 말씀드리자면 비탄에 빠져 단식하시다가 다음에는 불면, 그 다음에는 쇠약, 그 다음에는 방심, 이렇게 차츰차츰 쇠락하여 마침내 지금처럼 되신 것입니다.

왕 당신은 어떻게 생각하오?

왕비 그럴지도 모르지요. 있을 법한 일이에요.

폴로니어스 지금까지 신이 '그렇다'고 말씀드려서 그렇지 않은 때가 단 한 번이라도 있었는지요.

왕 아마 없었던가 보오.

폴로니어스 만약 그렇지 않다면 (자기 머리와 어깨를 가리키며) 이것을 여기서 잘라 버리십시오. 그저 실마리만 잡히면 원인의 진상을 찾아내겠습니다. 설사 그것이 지구 한복판에 묻혀 있다 할지라도 말씀입니다.

햄릿이 단정치 못한 옷차림으로 책을 읽으면서 들어오다가 접견실에서 말소리가 들리자 커튼 뒤에 몸을 숨긴다.

왕 좀 더 자세히 알아볼 길은 없을까?

폴로니어스 아시다시피 햄릿왕자는 가끔 이 큰 복도를 몇 시간이나 왔다 갔다 하십니다.

왕비 정말 그래요.

폴로니어스 그런 때를 노려 딸년을 이곳에 보내 볼까 합니다. 그 후에 폐하와 저는 커튼 뒤에 숨어 두 사람이 만나는 것을 살펴보는 것입니다. 만약에 왕자님이 딸년을 사랑하는 것이 아니고 따라서 사랑 때문에 실성하신 것이 아니라면, 신은 폐하

를 받드는 중책을 포기하고 시골에 가서 마소를 부리며 농사

나 짓겠습니다.

왕 아무튼 시험해 봅시다.

햄릿, 책을 읽으면서 걸어 나온다.

왕비 저것 보세요. 가엾은 것이 슬픈 얼굴로 책을 읽으면서 걸어오

고 있어요.

폴로니어스 두 분께서는 저리로 가십시오. 신이 상대해 보겠습니

다. 아, 어서들 피해 주십시오. (왕과 왕비, 허둥지둥 자리를 뜬다.)

햄릿 왕자님, 안녕하십니까?

햄릿 아, 잘 있네.

폴로니어스 저를 아시겠습니까?

햄릿 알고말고. 포주 영감 아닌가?

폴로니어스 아닙니다. 왕자님.

햄릿 그렇지, 지금 세상에는 정직한 인간이 만에 한 사람이나 있

을까.

폴로니어스 그렇긴 하군요.

햄릿 만약에 태양이 개의 시체에다 구더기를 들끓게 한 경우, 썩은

살도 키스는 좋다는 얘기지……. 자네에게 딸이 있나?

폴로니어스 예, 있습니다.

햄릿 햇빛 아래 너무 나다니게 하지 말게. 세상을 알아가는 건 좋지만 임신을 하게 되면 큰일이니까. 그러니 조심해, 친구. (다시 책으로 눈을 돌린다.)

폴로니어스 (방백) 이것 좀 봐, 여전히 내 딸 타령이 아닌가. 그렇지만 처음에는 날 몰라보고 포주 영감이라고 했겠다. 심하게 돌았는데, 돌았어. 하기야 나도 젊어서는 사랑으로 고민깨나 했었지. 그때와 별 차이 있을라구. 한 번 더 말을 걸어 보자. 뭘 읽고 계십니까, 왕자님?

햄릿 말이다, 말, 말.

폴로니어스 주제가 무엇입니까?

햄릿 누구 사이의 문제?

폴로니어스 아니, 지금 읽고 계시는 책이 무엇에 관한 주제냐는 말씀입니다.

햄릿 (폴로니어스에게 대들 자세. 폴로니어스는 슬금슬금 물러선다.) 욕설이지 뭐야! 풍자란 놈이 여기 뭐라고 했는고 하니, 늙은이들은 수염이 희고 얼굴은 주름살투성이에 눈에서는 진한 호박색 송진 같은 눈곱이 흘러나오고, 조급해서 정신력은 없는데다가 무릎에는 영 힘이 없다더군. 하나하나 옳은 말이지. 그렇다고 이렇게 쓰는 건 옳지 못해. 자네만 하더라도 나같이 다시 젊어질 수 있거든. 게처럼 뒤로 기어갈 수만 있다면 말이야.

(다시 책을 읽기 시작한다.)

폴로니어스 (방백) 돌긴 돌았는데 말에 조리는 있단 말씀이야. (큰 목소리로) 바깥 공기는 해롭습니다. 안으로 들어가시지요.

햄릿 내 무덤 안으로?

폴로니어스 (방백) 그렇지, 거기라면 바깥 공기를 안 쐬게 되겠지. 이따금 의미심장한 대답을 하거든! 미치광이의 한마디는 가끔 정곡을 찌른단 말씀이야. 이성과 제정신을 가진 사람은 생각지도 못할 말을 하거든. 이쯤에서 그만하고 이제 내 딸과 만나게 할 방법이나 연구해 보자. (큰 목소리로) 왕자님, 죄송합니다만 이제는 물러가겠습니다.

햄릿 어서 물러가, 내가 선선히 허락할 수 있는 것은 그것밖엔 없으니. 내 목숨은 제외하고, 내 목숨은 제외하고 말이다.

폴로니어스 그럼 안녕히 계십시오. (인사를 한다.)

햄릿 따분한 영감쟁이 같으니! (다시 책을 들여다본다.)

로젠크랜츠와 길든스턴이 걸어 나온다.

폴로니어스 햄릿 왕자님을 찾아가는 길인가? 저기 계시네.

로젠크랜츠 대감, 안녕히 가십시오. (폴로니어스 퇴장.)

길든스턴 왕자님!

로젠크랜츠 안녕하십니까, 왕자님!

햄릿 (쳐다보면서) 이거 참 반가운 친구들이군! 길든스턴, 어떻게 지냈나? (책을 덮는다.) 아, 로젠크랜츠도! 그래, 요새 자네들 사정은 어때?

로젠크랜츠 그저 그렇습니다.

길든스턴 너무 행복하지 않은 것이 다행이라고나 할까요. 행운의 여신 모자 꼭대기에는 올라가지 못하고 있습니다.

햄릿 구두 밑창이 아니고?

로젠크랜츠 예, 왕자님.

햄릿 그럼, 여신의 허리께쯤 되겠군. 가운데쯤에서 여신의 총애를 받고 있단 말이지?

길든스턴 예, 은밀한 가운데서 받고 있습니다.

햄릿 여신의 허리께에서? 그럴 테지! 행운의 여신은 음탕하니까. 다른 소식이라도 있나?

로젠크랜츠 없습니다. 세상이 정직해졌다는 것밖에는.

햄릿 그렇다면 말세도 가까워졌다는 얘기지. 하지만 그런 소식은 믿을 수 없어. 좀 더 자세히 물어보겠는데, 그래, 자네들은 행운의 여신께 무슨 죄를 졌기에 이곳에서 감옥살이를 하게 됐지?

길든스턴 감옥이요?

햄릿 덴마크는 감옥이야.

로젠크랜츠 그렇다면 이 세계도 감옥이게요.

햄릿 훌륭한 감옥이지. 그 안에는 독방도 있고 병동도, 지하 감방
도 있지. 그 가운데서도 덴마크는 가장 지독한 감옥이라구.

로젠크랜츠 저희들은 그렇게 생각하지 않습니다.

햄릿 그렇다면 자네들한테는 이곳이 감옥이 아닌가 보군. 원래 좋
고 나쁜 것은 다 생각하기 나름이니까. 하지만 나한테는 감
옥이란 말이야.

로젠크랜츠 그것은 왕자님께서 대망을 품고 계시기 때문입니다. 왕
자님의 뜻을 담기에 이 나라는 너무 좁습니다.

햄릿 아아, 나는 호두 껍데기 속에 갇혀 있어도 내 자신을 넓은 세
상의 왕이라 생각할 수 있는 사람이야. 나쁜 꿈만 꾸지 않았
다면 말이야.

길든스턴 그 꿈이 대망인 것입니다. 대망의 실체는 꿈의 그림자에
지나지 않으니까요.

햄릿 꿈 자체가 그림자에 지나지 않는 거지.

로젠크랜츠 옳은 말씀입니다. 대망이란 사실 공기처럼 허무한 것이
라 결국 그림자에 지나지 않는 듯싶습니다.

햄릿 그렇다면 거지야말로 실체고 왕이나 거들먹거리는 영웅호걸

들은 거지의 그림자가 되는 셈이군. 어전에나 같까? 요즈음 나는 이치를 잘 따질 수 없게 되었다네.

로젠크랜츠, 길든스턴 모시고 가겠습니다.

햄릿 아니, 자네들을 하인 취급할 수 있나? 솔직히 말해서 요새는 내 뒤를 따라다니는 사람들 때문에 지긋지긋하단 말이야. 그 런데 친구로서 묻겠네. 무슨 일로 이 엘시노어에 왔나?

로젠크랜츠 왕자님을 뵙고 싶어서 왔습니다. 다른 뜻은 없습니다.

햄릿 나는 지금 거지나 다름없는 신세라 인사도 제대로 못하지만 아무튼 고맙네. 하긴 자네들에게는 지나친 인사가 되겠군. 자네들, 누가 불러서 온 것 아닌가? 정말 오고 싶어서 왔나? 그저 자연스런 방문인지 아닌지 나한테는 바른대로 말해도 돼. 자, 어서들 말해봐.

길든스턴 뭐라고 말씀드려야 좋겠습니까, 왕자님?

햄릿 무슨 말이든 정확하게만 말하면 되네. 자네들은 누군가가 불 러서 왔어. 얼굴에 그렇다고 씌어 있는걸. 딴청을 피울 만큼 자네들은 아직 교활하지가 못해. 왕과 왕비가 불러서 왔다는 걸 다 알고 있단 말이야.

로젠크랜츠 무슨 목적으로 말씀입니까?

햄릿 그거야 자네들이 대답할 일이지. 친구로서의 도리로 보나, 같 은 젊은이의 우의로 보나, 서로의 변함없는 우정의 의무로

보나 말일세. 언변이 좋은 사람 같으면 이보다 더 훌륭한 말
로 자네들을 감동시켰을 텐데. 자, 이제 솔직히 대답하라구.
자네들은 누가 불러서 왔지, 아닌가?

로젠크랜츠 (길든스턴에게) 어떻게 하지?

햄릿 (방백) 누가 속을 줄 아나. (큰 목소리로) 나를 사랑하거든 숨기
지 말게!

길든스턴 왕자님, 실은 불러서 왔습니다.

햄릿 그 이유는 내가 말하지. 내가 먼저 말하면 자네들은 털어놓
지 않아도 되고, 왕과 왕비로부터 비밀을 누설했다는 비난을
털끝만큼도 받지 않을 게 아닌가. 웬일인지 모르지만 요즈음
나는 모든 일에 흥미를 잃고, 여느 때 즐기던 운동도 모두 그
만두었네. 마음이 우울하여 이렇듯 빼어난 풍광도 황량한 곳
처럼 느껴지고 더없이 장대한 저 천개, 저 대기, 보게나! 우
리 머리 위 찬란한 공간, 불빛 같은 황금의 별들로 아로새겨
진 장엄한 하늘, 저것마저 독기가 깃든 탁하고 더러운 것으
로만 보이거든.

인간이란 얼마나 조화로운 걸작인가. 고상한 이성, 무한한
능력, 그 명백하고 감탄할 만한 행동과 자태, 그리고 천사 같
은 행동을 보게. 신의 지혜를 지닌 인간은 세상의 꽃이요, 만
물의 영장이 아닌가! 그런데 그게 나와 무슨 상관인가? 먼지

덩어리에 지나지 않는 인간에게서는 어떠한 기쁨도 발견할 수 없단 말이야. 여자도 마찬가지야. 웃는 것을 보니 자네들은 그렇지 않은 모양이군.

로젠크랜츠 그런 뜻에서 웃은 게 아닙니다.

햄릿 그럼 왜 웃었나? '인간에게서 내가 기쁨을 못 느낀다.'고 말했을 때 말이야.

로젠크랜츠 왕자님께서 인간이 싫으시다니 그 배우들은 얼마나 냉대를 받을까 하는 생각이 들어서 그랬습니다. 오는 도중에 연극단을 만났습니다. 그들은 왕자님께 연극을 보여 드리려고 지금 이리로 오고 있는 참입니다.

햄릿 국왕 역을 맡는 배우는 대환영이야. 공손하게 맞이하지. 무예를 닦는 기사 역에게는 검과 방패를 실컷 휘두르게 할 거고, 애인 역을 맡은 이의 탄식이 헛되지 않게 후한 대우를 해 주지. 풍자가 역은 끝까지 하도록 내버려둘 거고, 어릿광대 역에게는 사람들을 웃겨서 허파를 터뜨리게 할 거야. 여자 역은 마음대로 수다를 떨게 내버려 둬야지. 그렇지 않고는 대사가 술술 나오지 못할 테니까. 어디에 소속된 배우들인가?

로젠크랜츠 왕자님께서 애호하시던 도시의 그 비극 배우들입니다.

햄릿 어쩌다가 지방을 돌아다니게 됐지? 도시에 있는 편이 명성이나 수입 등 어느 모로 보나 더 나을 텐데.

로젠크랜츠 최근의 한 사건으로 도시의 공연이 금지된 것 같습니다.

햄릿 내가 그곳에 있을 때처럼 평판은 여전한가? 그때처럼 관객이 많은가?

로젠크랜츠 그렇지 못합니다.

햄릿 왜? 고리타분해졌는가?

로젠크랜츠 아닙니다. 그 배우들은 꾸준히 노력하고 있습니다. 그런데 최근에 매 새끼들 같은 소년극단이 나타나서 요란스레 고함을 질러대고 맹렬한 박수갈채를 받고 있습니다. 이 극단이 대유행이 되어 보통극은 사정없이 배척당하고 있습니다. 그래서 좀 세련됐다는 사람들은 작가들의 붓끝이 두려워 이쪽에서는 감히 접근하려고도 하지 않습니다.

햄릿 뭐, 소년 배우들이라고? 누가 유지를 하는데? 보수는 어느 정도이고? 그럼 변성기 이전까지만 배우 노릇을 하겠단 말인가? 그 애들도 자라면 보통 배우가 될 텐데, 달리 생계가 마련된다면 괜찮겠지만 그렇지 못한 경우에는 결국 자기네 장래를 욕하는 셈이 되지 않는가? 나중에 그렇게 만든 작가를 원망하지 않을까?

로젠크랜츠 사실 양쪽의 시비는 굉장했답니다. 게다가 세상 사람들까지 염치도 없이 그 싸움에 불을 지르는 형편입니다. 그래서 한때는 작가와 배우가 싸우는 장면이 없는 각본은 팔리지 않을 정도였답니다.

햄릿 말도 안 되는 일이!

길든스턴 정말 굉장한 싸움이 벌어졌습니다.

햄릿 결국 소년극단이 이겼나?

로젠크랜츠 예, 그랬습니다. 극장마다 모조리 된서리를 맞았습니다.

햄릿 하기야 그다지 이상할 것도 없지. 지금 덴마크 왕으로 계신 내 숙부의 경우를 봐도 그러니까. 선왕이 살아계셨을 때는 숙부를 멸시하던 사람들까지도, 지금에 와서는 왕의 초상화랍시고 조그만 그림 한 장에 수십 더컷, 아니 수백 더컷씩이나 돈을 쓰는 세상이니까. 제기랄, 이런 부조리는 철학으로도 설명할 수 없을 걸세.

나팔 소리가 들린다.

길든스턴 배우들이 도착한 모양입니다.

햄릿 아무튼 자네들, 엘시노어에 잘 왔네.　　　(머리를 숙여 인사한다.) 손을 주게, 사람을 환영할 때는 마땅히 예법이 따라야 하니까. 자, 악수하세.　　　(두 사람과 악수한다.) 이제 내가 배우들을 더 정중하게 환영한다고 오해하지야 않

겠지. 미리 말해두지만 나는 그들을 어느 정도 친절하게 대
해야 한단 말이야. 정말 잘들 왔네. 그런데 내 숙부님 겸 아
버님과 숙모님 겸 어머님은 속고 계신다네.

길든스턴 무엇에 말씀입니까?

햄릿 내 광기는 북서풍일 때뿐이야. 남풍일 때는 멀쩡하거든.

　　　폴로니어스 등장.

폴로니어스 아, 두 사람 잘 있었는가?

햄릿 (폴로니어스가 오는 것을 보더니 두 사람에게) 앗, 길든스턴, 그리고
자네도 귀 좀 이리 대 봐. 저기 오는 저 큰 아기는 아직도 기
저귀 신세를 못 면하고 있어.

로젠크랜츠 아마도 다시 어린애가 되셨나 봅니다. 늙으면 어린애가
된다고 하니까요.

햄릿 배우들이 왔다는 얘기일 테니 들어 봐.
(두 친구에게 일부러 큰 소리로) 자네 말이 맞았어. 월요일 아침이
었지, 정말 그랬어.

폴로니어스 왕자님, 반가운 소식입니다.

햄릿 나도 반가운 소식이 있지. 로스키우스가 로마의 배우였을
때……

폴로니어스 배우들이 도착했습니다.

햄릿 이것 봐.

폴로니어스 제 명예를 걸고…….

햄릿 그때 배우들은 저마다 노새를 타고 왔노라!

폴로니어스 천하의 명배우들입니다. 비극, 희극, 역사극, 전원극은 물론, 전원 희극, 역사 전원극, 비극적 역사극, 비희극적 역사 전원극, 그 밖의 고전극, 신작극 할 것 없이 모두 다 능숙합니다. 세네카도 너무 무겁게 다루지 않고 플라우투스도 너무 가볍게 다루지 않으며 정형물이나 자유물이나 천하에 이들을 따를 자가 없습니다.

햄릿 오, 이스라엘의 판관 예프타여, 그대는 참으로 훌륭한 보배를 가졌구나!

폴로니어스 어떤 보배를 가졌습니까, 왕자님?

햄릿 아, 왜! '무남독녀 귀여운 딸 애지중지 길렀도다.'

폴로니어스 (방백) 여전히 내 딸 타령이군.

햄릿 내 말이 옳지 않은가, 예프타 영감?

폴로니어스 저를 예프타라 부르신다면, 저도 애지중지 기른 딸이 하나 있습니다.

햄릿 아니, 그러면 노래가 이어지지 않아.

폴로니어스 그럼 어떻게 하면 이어집니까?

햄릿 '신만이 아시는 운명으로.' 그리고 그 다음은 이렇지. '예외 없이 그 일이 일어났도다.' 이 성가 제1절을 보면 더 자세히 알 수 있으니 이제 그만하는 게 좋겠네. 드디어 저기 배우들이 오는군.

배우, 너덧 명 등장.

햄릿 어서들 오게, 배우 여러분. 잘 왔네. 참 반가워. 귀한 친구들! 진심으로 환영하네. 아, 자네는 코 밑에 장식을 길렀나? 요전에는 없었는데. 그걸 길러 내 앞에서 어른 행세를 하려고 덴마크에 왔나? 아, 아가씨도 왔군! 아가씨는 전보다 구두 굽 높이만큼 천당에 가까워졌는걸. '제발 제 목소리에 금이 가지 않게 해주십시오.' 하고 하나님께 빌어야 해. 금화도 금이 가면 못쓰거든……. 배우 여러분들, 정말 반갑소. 프랑스의 매사냥꾼을 닮아 우리는 뭐든지 보기만 하면 덤벼든다오. 그럼 당장 한마디 들어볼까. 어디 솜씨 좀 보여주지. 아주 비장한 역할로 말이야.

배우A 어떤 것이 좋으시겠습니까, 왕자님?

햄릿 언젠가 들려준 것 있지 않나? 아마 상연은 한 번도 안 됐을 거야. 아니, 한 번쯤 상연됐던가? 여하튼 내 기억으로는 대

중에게 인기가 없는 연극이었네. 개발에 편자라고, 대중들
이 알 턱이 있나. 그렇지만 내가 보기엔 참 훌륭한 연극이었
어. 아니, 나뿐 아니라 나보다 식견이 높은 사람들도 같은 의
견이었으니까. 장면 구성도 좋고 적절한 대사에 능숙한 연기
도 좋았고. 어떤 비평가의 말에 따르면, 억지로 소박하게 만
들려고 문장에 얄팍한 말투를 함부로 쓰거나 멋을 부리기 위
해 대사에 마구 양념을 친 흔적이 없다더군. 작품이 진실하
고 건전하며 재미가 있으면서도 필치가 화려하지 않고 수수
한 작품이라고 말했지.

그중에 내가 좋아하는 대사가 있었는데, 아에네아스가 디도
에게 이야기하는 대목 말이야. 그중에서도 프리아모스 왕의
최후에 관한 부분이 특히 좋더군. 아직까지도 기억하고 있
지. 거기서부터 시작하게나. 가만 있자, '사나운 피로스, 휘
르카니아의 비호처럼.' 아니지, 피로스로 시작하기는 하는
데……

'사나운 피로스, 마음도 시커먼데 시커먼 갑옷을 입고 칠흑
같이 어두운 밤에 그 흉측한 목마의 뱃속에 숨어들더니, 이
제 그 무섭고 시커먼 얼굴에 또다시 처참한 피를 칠하였구
나! 머리에서 발끝까지 피투성이라. 아비의 피, 어미의 피,
딸과 아들의 피. 거리에서는 불꽃이 타올라 피를 말리며 생

지옥의 불인 양 학살자의 앞길을 비춰 준다. 분노의 불길에
피는 아교처럼 온몸에 엉겨 붙어 몸은 부풀어 오르고, 홍옥
빛깔의 눈을 번들거리며 지옥의 악마 같은 피로스는 트로이
아의 노왕, 프리아모스를 찾는다!'

자, 받아서 계속해 주게.

폴로니어스 허, 참으로 잘하십니다. 그 자연스런 운율이며 억양하
며 일품입니다그려.

배우A 마침 그때 보니, 노왕은 그리스 군을 치려하나 힘이 부족하
여 손이 말을 듣지 않고 허공을 가르는 낡은 칼은 땅에 떨어
지고 만다. 이 기회를 놓칠세라 프리아모스에게 달려들어 분
노의 칼을 내리치는 피로스. 노왕의 칼은 빗나가고 그의 매
서운 칼바람에 노왕은 힘없이 쓰러지고 만다. 이때 무심한
일리움 궁전도 일격의 아픔을 느꼈는지 불길에 싸인 누각은
와르르 땅 위에 쓰러져 천지가 무너지는 것처럼 요란하다.
이 엄청난 굉음에 피로스는 귀청이 찢어진 양, 보라! 프리아
모스의 백발을 향해 내리치던 칼은 허공에 얼어붙고 피로스
도 그림 속의 폭군처럼 얼빠진 채 우뚝 서서 어찌할 바를 모
른다. 마치 폭풍이 오기 전처럼 천지가 고요해지고 구름은
멈추며, 바람은 말이 없고 대지는 죽은 듯이 잠잠하다.
이때 느닷없이 천둥소리가 허공을 찢자 잠시 망설이던 피로

스의 적의가 되살아나 그를 분발시키니, 군신 마르스가 불후의 갑옷을 단련하던 애꾸눈 거인 퀴클롭스의 철퇴와 같은 피로스의 혈검은 프리아모스의 머리 위에 사정없이 떨어진다. 물러가라, 너 부정한 운명의 여신아! 오, 천상의 신들이여! 뜻을 모아 이 여신의 권력을 빼앗고, 여신의 물레바퀴에서 살과 테를 부수어 둥근 물레 통만 구천 번을 굴러 지옥의 밑바닥에 떨어지게 하소서.

폴로니어스 그건 너무 길군요.

햄릿 이발사에게 부탁해서 잘라버리게 할까? 그대의 수염과 함께 말일세. 어서 다음을 계속하게. 이 양반은 웃음거리나 음란한 장면이 나와야지, 그렇지 않으면 조는 사람이니까. 자, 어서 헤카베 대목을 부탁하네.

배우A 그러나 아, 가엾다. 남편 잃은 왕비는 몸을 감싸고……,

햄릿 왕비는 몸을 감싸고?

폴로니어스 거 참 좋군. '왕비는 몸을 감싸고'라, 좋구먼.

배우A 맨발로 이리저리 허둥거리며 활활 타는 불을 끄려는 듯 눈물을 억수같이 흘린다. 왕관이 있던 머리에는 초라한 천 조각이 얹혀 있고, 많은 자식들을 낳아 뼈만 남은 허리에 비단 의상은 간데없이 엉겁결에 주워 걸친 담요 한 장뿐. 왕비의 이런 모습을 본 사람이라면 어느 누가 독설로써 운명의 여신

을 저주하지 아니할까! 신들이 이 광경을 본다면, 그리고 피
로스가 칼을 휘둘러 남편의 사지를 난도질하는 참경을 보고
지르는 왕비의 울부짖는 소리를 듣는다면, 지상의 일에 무심
한 신들도 하늘에 반짝이는 무수한 별들의 눈을 눈물로 적시
게 하고 왕비의 슬픔을 함께 나누리라.

폴로니어스 저런, 얼굴빛이 변하고 눈물까지 글썽거리는군. 이제
그만하게.

햄릿 이제 그만. 나머지는 잠시 뒤에 듣기로 하지. 그럼 대감, 이
배우들을 잘 좀 부탁하오. 부디 후하게 대접해 주시오. 아시
겠소? 이들은 역사의 축소판이자 연대기이니 죽은 뒤 좋지
못한 묘비명을 받기보다 살아있을 때 이 사람들의 구설을 듣
지 않는 편이 나을 거요.

폴로니어스 이들의 신분에 맞게 대접하지요.

햄릿 원, 대감도, 더 잘 대접해요! 분수에 따라 대우한다면 세상
에 회초리를 면할 사람이 누가 있겠소? 그대의 명예와 체면
에 어울리게 대접하시오. 상대방에게 그만한 자격이 없으면
없을수록 이쪽의 선심은 그만큼 더 빛날 테니까. 데리고 가
시오.

폴로니어스 자, 이리들 오게.　　　　　　　　(문 쪽으로 간다.)

햄릿 따라가게. 내일 여러분들의 연극을 보기로 하지. (배우A를 가로

막고) 여보게, 《곤자고의 시역》을 상연할 수 있나?

배우A 예, 왕자님.

햄릿 그럼 내일 밤 그걸 상연해 다오. 그런데 대사 가운데 내가 쓴 열대여섯 줄쯤 덧붙이고 싶은데 외울 수 있겠나?

배우A 물론이죠. 왕자님!　　　(폴로니어스와 다른 배우들 모두 퇴장.)

햄릿 됐다. 그럼 대감을 따라가게. 대감을 너무 놀리지는 말고. (배우1 퇴장하고 다음에는 로젠크랜츠와 길든스턴을 향하여) 자네들도 밤에 다시 만나세. 엘시노어엔 잘 와 주었어.

로젠크랜츠 그럼 안녕히 계십시오.　　　(두 사람 퇴장)

햄릿 그래, 잘 가게! 이제 나 혼자 남았구나. 아, 나는 어쩌면 이렇게 지지리도 못난 비열한 인간일까! 아까 그 배우 좀 보라! 실로 신기하지 않은가. 허구일 뿐인 가공의 정열에 취해서 상상력만으로도 스스로의 영혼을 움직이고, 그로 인해 안색은 창백해지며 눈물을 글썽이고 고뇌로 얼굴이 일그러지며 목소리까지 메고, 동작 하나하나가 상상에 따라 온갖 표정을 다 나타내지 않던가? 아무런 이유도 없이 오직 헤카베 때문에! 대관절 헤카베가 그에게 무엇이며 그는 헤카베에게 무엇이기에 그가 울어야 하는가?

만약 그가 나만큼 분격하고 슬퍼할 동기를 지녔다면 어떻게 할까? 눈물로 무대를 잠기게 하고 무서운 대사로 관중의 귀를 찢고, 죄지은 자들을 미치게 하고 죄 없는 자는 두려움에 떨게 하고, 어리석은 자를 현혹시켜 관중의 눈과 귀를 멍청하게 만들어 놓을 것이다. 그런데 나, 아둔하고 미련한 이 못난 놈은 얼간이처럼 대의명분도 찾지 못한 채 선왕을 위해 할 말도 못하고 있지 않은가. 흉계에 빠져 왕위와 가장 귀중한 생명마저 빼앗기고 말았는데……. 나는 비겁한 놈인가? 누가 나를 악한이라고 부르는가? 누가 내 머리통을 후려갈기는가? 누가 내 수염을 뽑아 내 얼굴에 불어대는가? 내 코를 비틀고 나를 거짓말쟁이라고 욕하는 자가 누구인가? 나한테 그러는 자가 누구인가? 제기랄, 있어도 할 수 없지, 달게 받을 수밖에.

나는 간이 비둘기만도 못하고 그놈의 포악에 성낼 배짱도 없다. 그런 배짱이 있었다면 벌써 그 악당의 썩은 고기로 하늘의 솔개 떼를 살찌우게 했을 것이다. 잔인하고 음흉하고 철면피 같은 악당! 아, 복수! 이 얼마나 못난 자식이냐! 참 장하구나. 아버지가 참살당하고 하늘과 지옥이 복수하라고 명령하는데도 창부처럼 말로만 토하고 입 속에서나 욕설을 중얼거리다니. 갈보 같은 자식! 남창아, 수치를 알아라! 분기해라! 머리를 짜내…….

그래, 연극을 구경하다가 박진감 있는 장면에서 감동한 나머지 죄를 지은 놈들이 그 자리에서 자기의 죄상을 털어놓았다고 하지 않던가. 살인죄는 입이 없어도 정말로 신기하게 털어놓는 법이다. 아까 그 배우들을 시켜 숙부 앞에서 아버지의 살해 장면과 비슷한 연극을 하게 해야지. 그걸 보는 숙부의 표정을 살펴 움찔하면 그때는 주저할 것 없이 급소를 찌르자. 잘못 짚었다면 내가 본 혼령이 마귀일지도 모른다. 마귀는 어떤 형태든 취할 수 있으니까. 그래, 어쩌면 내가 허해지고 우울해진 틈을 타 나를 파멸의 구렁텅이로 끌고 가려고 나타났는지도 모르지. 그럴 때는 특히 마귀가 힘을 발휘한다니까. 좀 더 확실한 증거를 잡기 전에 왕의 본심을 살피기에는 연극이 제일이다. (햄릿 퇴장.)

THE TRAGEDIE OF

HAMLET, Prince of Denmarke.

제3막

Actus Tertius.

1장

접견실에 이어진 큰 복도

Scena Prima

벽에는 커튼이 드리워져 있고 중앙에는 탁자가 놓여 있다. 한쪽
구석에는 십자가가 세워진 기도대가 있다. 왕과 왕비 등장. 그
뒤로 폴로니어스, 로젠크랜츠, 길든스턴 등장하고 좀 뒤에 오필
리아 나온다.

왕   결국 어떤 방법을 써도 끝내 알아낼 수 없었단 말이지, 햄릿
이 왜 그렇게 미치광이처럼 소란스럽게 하는지?

로젠크랜츠   자신도 기분이 이상하다는 것을 인정하고 계시지만 그
원인에 대해서는 도무지 내비치지 않으십니다.

길든스턴   게다가 남이 캐어묻는 것을 싫어하는 눈치로, 진상을 알

아보려고 털어놓도록 유도하면 슬쩍 미친 사람으로 가장하여 교묘하게 피해버리십니다.

왕비 반갑게 맞아주기는 하던가요?

로젠크랜츠 아주 점잖게 대해 주셨습니다.

길든스턴 그렇지만 억지로 하시는 것 같았습니다.

로젠크랜츠 말씀을 스스로 내켜서 하지는 않았지만 묻는 말에는 선선히 대답하셨습니다.

왕비 오락이라도 권해 보았어요?

로젠크랜츠 예, 실은 마침 여기 오는 도중에 극단을 만났기에 그 말씀을 드렸더니 퍽 반가워하셨습니다. 배우들은 지금 궁 안에 와 있습니다. 아마 오늘 밤에 왕자님 앞에서 연극 한 편을 공연할 것입니다.

폴로니어스 그렇습니다. 그리고 두 분께서도 부디 관람하시도록 청해 달라는 말씀이 있으셨습니다.

왕 기꺼이 관람하고말고! 그 애 마음이 그런 일에라도 쏠린다고 하니 그나마 반가운 일이야. 그럼 두 사람은 그 애 기분을 더욱 북돋아 이런 오락에 마음이 끌리도록 노력해 다오.

로젠크랜츠 예, 그렇게 하겠습니다.   (로젠크랜츠와 길든스턴 퇴장.)

왕 거트루드, 당신도 좀 들어가 계시오. 실은 햄릿을 은밀히 불러 놓았소. 여기서 오필리아와 우연히 만나는 것처럼 하려는 것이오. 그 애의 부친과 나는 여기 숨어서 두 사람이 만나는 장면을 몰래 엿볼 생각이오. 다 햄릿을 위해 하는 일이니 엿본다고 죄 될 거야 없지 않겠소? 여하튼 그 애의 행동을 살펴보아 병의 원인이 과연 사랑에서 온 것인지 알아낼 참이오.

왕비 그렇게 해요. 오필리아, 햄릿이 그렇게 된 원인이 다행히도 네 아름다움 때문이라면 얼마나 좋겠니? 그러면 너의 그 상냥한 성품으로 그 애를 다시 성한 사람이 되게 하고 두 사람이 기쁜 일을 맞이하기를 바랄 수도 있지 않겠느냐?

오필리아 저도 그렇게 되기를 바랍니다. (왕비 퇴장.)

폴로니어스 오필리아, 여기서 서성거리고 있어라. (기도대에서 책을 들어 오필리아에게 준다.) 책에 빠져 있는 것처럼 가장하고 있으면 혼자 있어도 수상해 보이지 않을 게다. 이건 마귀의 본성에다 경건한 척 가면과 가장으로 사탕발림하는 수작이라 죄가 되는 일이기는 하지만 세상에 흔히 있는 일이니라.

왕 (방백) 과연 그렇다. 그 말이 내 양심을 따갑게 채찍질하는구나! 화장술로 곱게 단장한 창녀의 얼굴이 추악하다고 한들 그럴싸한 말로 꾸민 내 행실보다 추하지는 않을 것이다. 아, 무서워라, 이 죄과의 짐!

폴로니어스 오는 소리가 들립니다. 어서 숨으시지요, 폐하.

(두 사람 커튼 뒤에 숨는다. 오필리아는 기도대 앞에 무릎 꿇는다.)

햄릿 침통한 표정으로 등장.

햄릿 사느냐 죽느냐 그것이 문제로다. 가혹한 운명의 화살을 참아 내는 것이 중요한가, 아니면 고통의 물결을 두 손으로 막아 이를 조절하는 것이 중요한가? 죽는 것, 잠드는 것, 그것뿐이다. 마음의 번뇌도 육체가 받는 온갖 고통도 잠들면 모든 것이 끝난다. 그렇다면 죽고 잠드는 것이야말로 열렬히 찾아야 할 삶의 극치가 아니겠는가? 잔다, 그럼 꿈도 꾸겠지. 아, 여기서 걸리는구나.

이 세상의 온갖 번뇌를 벗어던지고 영원한 죽음의 잠을 잘 때 어떤 꿈을 꾸게 될 것인지를 생각하면 망설여지나 보다. 이 망설임이 비참한 인생을 오래 끌게 하는 것이다. 그렇지 않으면 누가 참겠는가.

이 세상의 비난과 조소를, 폭군의 횡포를, 세도가의 모멸을, 모욕당한 사랑의 고통을, 질질 끄는 재판을, 관리들의 오만을, 덕 있는 사람이 당해야 하는 소인배의 불손을, 한 자루의 단도만 있으면 깨끗이 청산할 수 있는 것을 누가 이 무거운 짐을 지고 따분한 인생에 신음하며 진땀을 빼겠는가? 죽은 뒤의 두려움과 한번 가면 영영 돌아오지 못하는 미지의 세계가 결심을 무디게 하고 그래서 저승으로 가느니 차라리 현재의 고통을 참게 만드는 것인가?

분별력 때문에 우리는 모두 겁쟁이가 되는구나. 생기 넘치던 결심은 창백한 병색으로 물들고, 의기충천하던 큰 사업도 그 때문에 옆길로 새어 실행력을 잃고 만다. 가만, 아름다운 숲의 여신 오필리아! 기도 중이거든 내 죄의 용서도 함께 빌어 주오.

오필리아 (일어나면서) 왕자님, 오래 뵙지 못했어요. 그 동안 안녕하셨어요?

햄릿 매우 고맙소. 잘 있소. 잘 있소. 잘 있소.

오필리아 저, 제게 주셨던 선물을 벌써부터 돌려드리려고 했는데…… . 지금이라도 받아 주시면 좋겠어요.

햄릿 아니오. 나는 아무것도 선물한 것이 없소.

오필리아 어머, 왕자님께서 저한테 주신 선물을 모르시다니요. 다정한 말씀까지 곁들이셔서 선물이 더욱 값지게 여겨졌었는데 지금은 그 향기도 사라졌답니다. 돌려드리겠어요. 보내는 이의 진심이 담겨 있지 않은 선물이란 아무리 값진 것이라도 고귀한 성품을 지닌 사람에게는 초라해 보이기 때문입니다. 자, 여기 있습니다. (품에서 보석을 꺼내어 햄릿 앞의 탁자 위에 놓는다.)

햄릿 (상대편의 음모를 눈치 채고) 하하! 당신은 정숙하오?

오필리아 네?

햄릿 당신은 아름다운가?

오필리아 무슨 말씀이신지요?

햄릿 정숙하고 아름답다면 그 정숙과 아름다움이 너무 가까이 지내지 않게 하는 것이 좋을 것이오.

오필리아 아름다움과 정숙보다 더 잘 어울리는 조화가 있을까요?

햄릿 정말이야. 아름다움의 힘은 정숙한 여자를 금방 창녀로 바꾸어 버리거든. 정숙은 아름다운 여자를 제대로 이끌지 못하지만 말이야. 예전 같으면 이것이 전혀 반대로 들렸겠지만 지금은 진리임을 확증해 주는 좋은 예가 생겼소. 나도 한때는 당신을 사랑했었지.

오필리아 저도 정말 그렇게 믿고 있었어요.

햄릿 믿지 말았어야 했어. 오래된 큰 나무에 미덕을 아무리 접붙여 봐야 본래의 성질은 사라지지 않거든. 나는 당신을 사랑하지 않았던 거야.

오필리아 그렇다면 저는 더욱더 속았던 거군요.

햄릿 (기도대를 가리키며 차츰 열변을 토한다.) 수녀원으로 가라. 뭣 때문에 죄 많은 인간을 낳고 싶어 하는가? 나 자신도 꽤 성실한 인간이다. 그런데도 어머니가 차라리 나를 낳지 않았더라면 싶을 만큼 나는 온갖 죄를 짓고 있다. 오만하고 복수심이 강하고 야심도 많고 그 밖에 또 무슨 죄를 지을지 모른다. 그것을 일일이 생각해 낼 힘도, 그것에 형태를 부여할 상상력도, 그것을 실행에 옮길 시간도 없을 만큼 많은 죄악을 짊어지고 있는 사람이다. 나 같은 인간이 하늘과 땅 사이를 기어 다니면서 대체 무슨 일을 한단 말인가? 우리는 모두 악당들이다. 아무도 믿지 마라. 수도원이나 찾아가라! (갑자기 정신을 차린 듯) 아버지는 어디 계시오?

오필리아　집에 계세요.

햄릿　그럼 못 나오게 문을 꼭꼭 닫아 걸으시오. 밖에 나와서 바보 짓을 못 하게. 잘 있으시오.　(햄릿 퇴장.)

오필리아　(기도대 앞에 무릎을 꿇고) 오, 인자하신 하나님, 저분을 구해 주소서!

햄릿　(다시 돌아와서 광기어린 태도로) 만일 네가 결혼한다면 지참금 대신 저주를 내려 주마. 네가 얼음처럼 정결하고 눈처럼 순결하더라도 세상의 욕설을 면치는 못하리라. 수녀원으로 가라, 수녀원으로 가. (거칠게 왔다 갔다 하면서) 기어이 결혼을 하려거든 바보와 해라. 영리한 사람이라면 너와 결혼했다가는 괴물이 되어버린다는 것을 너무나 잘 알고 있다. 수녀원으로 가라, 그것도 빨리 가라. 잘 가거라.　(후닥닥 뛰어나간다.)

오필리아　아, 하나님. 저분이 정신을 차리게 해주소서!

햄릿　(다시 돌아와서) 나도 들어서 잘 알고 있다. 너희들이 얼굴에 덧

칠을 한다는 걸. 하나님이 주신 얼굴 위에 위선의 탈을 뒤집어쓰고 있다. 어정거리며 엉덩이를 흔들고 혀 짧은 소리로 신의 창조물에다 별명을 붙이는가 하면 부정한 짓을 해놓고 모른다고 잡아뗀다. 제기랄, 이제 더는 못 참겠다. 그 때문에 나는 미쳤다. 이제 다시는 세상 연놈들이 결혼하지 못하게 할 테다. 기왕 결혼한 것들은 살려두지만 딱 한 놈만은 안 된다. 결혼을 안 한 것들은 그대로 수녀원으로 가라! (햄릿 퇴장.)

오필리아 아, 그토록 고상하시던 분이 저리 되시다니! 귀족답고 나라의 꽃이자 희망이며, 예절의 모범으로 모든 사람이 우러러보던 왕자님이 저렇게 비참해지실 줄이야! 그리고 세상 여자들 가운데 가장 괴롭고 불쌍한 나, 음악과도 같은 그분의 맹세에 달콤한 꿈을 맛본 적도 있었는데. 지금은 그 기품 있고 고귀한 이성이 금간 종처럼 엉뚱하고 거친 소리를 내는구나. 활짝 핀 청춘의 비할 데 없이 아름다운 용모와 자태가 광란의 바람을 맞고 저렇게 져버리다니! 오, 가슴을 저미는 듯 슬프구나. 옛일을 기억하는 이 눈으로 이런 꼴을 보다니!

(기도를 드린다.)

커튼 뒤에 숨어있던 왕과 폴로니어스가 살그머니 나타난다.

왕 사랑 때문이라고? 당치 않은 소리! 그 애 마음은 결코 사랑으로 향하고 있지 않아. 조리는 다소 맞지 않으나 그 말 한마디 한마디가 미친 사람 같지 않다. 가슴속에 무엇인가를 숨긴 채 드러내지 않으려고 저렇게 우울한 게 틀림없다. 그 무엇인가를 가지고 밤낮으로 머리를 썩이고 있으니 저렇듯 실성할 수밖에. 그것이 껍질을 깨고 나온다면 아무래도 위험할 것 같다. 그걸 막기 위해서는 빨리 결정을 내려야 한다. 저 애를 영국에 보내기로 하자. 밀린 조공을 독촉한다는 명목으로 수만 리 바닷길을 떠나 이국의 색다른 풍물을 구경하노라면 마음속에 맺혀 있던 고민도 자연 가실 것이 아닌가. 이 방안이 어떠하오. (오필리아가 다가온다.)

폴로니어스 묘안이십니다. 하지만 그 수심의 뿌리는 역시 실연에 있다고 생각합니다. 무슨 일이냐, 오필리아? 햄릿왕자님이 하신 말씀은 전하지 않아도 좋다. 다 들었으니까. 폐하, 처분대로 하십시오. 하지만 연극이 끝난 뒤 왕비님께서 조용히 햄릿왕자를 부르셔서 수심의 까닭을 말하라고 간곡히 부탁하시면 어떻겠습니까? 허락하신다면 신이 숨어서 두 분의 대화를 자세히 엿듣기로 하겠습니다. 그렇게 해서도 광기의 근원을 찾아낼 수 없는 경우에는 영국에 보내시든 어디 적당한 곳에 감금하시든 뜻대로 하심이 좋을까 합니다.

왕　　그렇게 하오. 왕자의 광증을 내버려 둘 수는 없는 일이오.

(모두 퇴장 한다.)

2장

궁정 안의 홀

Scena Secunda

홀의 양쪽에 관람석이 마련되어 있고, 정면에 무대가 있다. 커튼이 무대를 가리고 있고 햄릿과 배우 세 사람 등장한다.

햄릿 (배우A에게) 대사를 재차 확인한다. 아까 내가 했던 것처럼 혀끝으로 가볍게 굴리듯이 하게. 보통의 배우들처럼 신파조로 떠들어댄다면 차라리 도시의 전령사를 불러다가 떠들게 하겠네. 그리고 너무 자주 손으로 허공을 톱질하지 말고 점잖게 해야 해. 감정이 격해져서 격류나 폭풍이나 회오리바람을 일으키게 하는 순간일지라도 자제를 잃지 말고 부드럽게 할 줄 알아야 하는 거야.

가발을 쓴 난폭한 배우가 관중의 귀청이 찢어지도록 함부로 고함을 질러대 감격적인 장면을 망쳐놓는 꼴을 보면 정말 화가 나지 않던가. 엉터리 무언극이나 왁자지껄 떠드는 것밖에 이해하지 못하는 관중이라면 모르지만, 그런 배우는 채찍으로 갈겨주고 싶어진단 말이야. 난폭한 터머건트 신이나 폭군 헤롯 왕보다 한술 더 뜨는 인간처럼 제발 그런 짓만은 하지 말아 주게.

배우A 그러지는 않겠습니다.

햄릿 그렇다고 너무 활기가 없어서도 안 돼. 중용을 지켜서 연기에 대사를, 대사에 연기를 일치시켜야 해. 특히 자연의 이치를 벗어나서는 안 된다는 점을 명심하라구. 무엇이든 지나치면 연극의 목적에서 벗어나거든. 연극의 목적은 예나 지금이나 자연을 거울에 비추어 선은 선한 모습으로 악은 악한 모습으로 반영하여 시대의 양상을 그대로 보여주는 거니까. 그게 지나치거나 반대로 모자랄 때 서툰 관객은 웃을지는 모르나 식견 있는 관객은 한탄하지 않을 수 없지. 안목을 지닌 한 사람의 비난은 많은 관객의 칭찬보다 더 중요한 법이네. 참, 나도 본 적이 있는데 지독한 배우가 한 명 있었지. 남들은 칭찬이 대단했지만, 좀 지나친 말 같으나 대사는 기독교도답지가 않고 게다가 그 걸음걸이는 기독교도는커녕 이교도 아니, 인간의 걸음걸이가 아니었단 말이네. 그저 꺼떡거리기나 하고 얼마나 고함을 지르는지, 이건 창조주가 제자들을 시켜 얼치기로 만든 인간이라고 생각될 정도였네. 인간의 흉내를 냈지만 너무나 비인간적이었어.

배우A 저희 극단은 그런 점에 관해서는 상당히 고쳐졌다고 생각합니다.

햄릿 물론 철저히 고쳐야지! 그리고 어릿광대 역도 대본 이외의 대사는 말하지 않도록 해야 해. 그중에는 둔한 관객을 웃기려다 자기가 먼저 웃는 자들이 있는데, 그 사이 정작 필요한 대사는 까맣게 잊어버리거든. 광대가 그따위 수작으로 치사한 야심을 드러내 보이는 건 말도 안 되는 소리지. 자, 어서들 준비하게.

배우들, 커튼 뒤로 들어간다. 폴로니어스, 로젠크랜츠, 길든스턴 등장.

햄릿 아, 대감! 왕께서는 오늘 밤의 연극을 보시오?

폴로니어스 예, 왕비님과 함께 곧 나오실 겁니다.

햄릿 그럼 가서 배우들을 재촉해 주시오.

(폴로니어스. 예를 올린 뒤 퇴장.)

자네들도 가서 거들어 주겠나?

로젠크랜츠 예. (로젠크랜츠와 길든스턴도 퇴장.)

햄릿 어서 오게. 호레이쇼!

호레이쇼 등장.

호레이쇼 부르셨습니까?

햄릿 호레이쇼, 내가 지금까지 사귄 사람들 가운데 자네만큼 올바른 사람도 없네.

호레이쇼 오, 왕자님!

햄릿 아니, 아니, 아첨이 아니네. 자네는 그 훌륭한 정신 말고는 의식의 다른 길이 없는 사람 같네. 그러한 자네에게 아첨해서 내 무슨 이익을 바라겠는가? 가난뱅이에게 아첨할 필요가 어디 있는가? 바보 같은 세도가를 핥는 일은 달콤한 혓바닥을 가진 놈들에게 맡기고, 아첨으로 이득이 따를 만한 곳에는 무르팍이 잘 굽혀지는 놈더러 가서 굽실거리라지. 알겠나?

내 영혼이 분별력을 지녀 사람을 분간할 줄 알게 된 뒤부터 자네를 내 영혼의 벗으로 삼았었네. 자네는 인생의 모든 고통을 다 겪으면서도 전혀 꿈쩍하지 않을뿐더러 운명의 신이

내린 상과 벌을 똑같이 감사한 마음으로 받아들이는 사람이
야. 감정과 이성이 잘 조화되어 운명의 신의 손가락이 희롱
하는 대로 소리 내는 피리가 되지 않는 사람, 그런 사람은 복
받은 사람이네. 정열의 노예가 되지 않는 사람, 그런 사람이
또 있다면 내게 보여 주게. 내 마음속 깊은 곳에 간직하고 있
겠네. 그런데 자네가 바로 그런 사람이야.

말이 좀 길어졌군. 오늘 밤 왕 앞에서 연극이 상연되는데, 그
중 한 장면은 선친의 최후에 대해서 내가 자네에게 얘기한
그 장면과 흡사하네. 그 장면이 나오거든 온 정신을 집중하
여 내 숙부를 살펴보게. 만일 숙부의 숨은 죄악이 어느 대목
에서도 드러나지 않는다면, 우리가 본 유령은 악귀가 분명하
고 나의 상상은 불의 신 불카누스의 대장간처럼 추잡했던 셈
이지. 나도 왕의 얼굴에서 잠시도 눈을 떼지 않을 테니 숙부
를 잘 살펴보게. 나중에 우리 두 사람의 의견을 모아 왕의 태
도에 대한 판단을 내리기로 하세.

호레이쇼 잘 알겠습니다, 왕자님. 연극을 하는 동안 왕의 움직임을
한순간이라도 놓치는 일이 있으면 그때는 제가 벌을 받겠습
니다. (안에서 나팔 소리와 북소리)

햄릿 연극을 보러 나오는구나. 나는 미친 체하고 있어야 해. 자네
도 가서 앉게.

나팔 소리와 함께 왕과 왕비 등장하고 이어서 폴로니어스, 오필리아, 로젠크랜츠, 길든스턴, 그 밖의 대신들 등장한다. 저마다 자리에 앉는다. 왕과 왕비와 폴로니어스는 한쪽에 자리 잡고 다른 쪽에는 오필리아, 호레이쇼, 그 밖의 사람들이 앉는다.

왕 어떠냐, 햄릿?

햄릿 원기 왕성합니다. 카멜레온처럼 공기를 먹고 공허한 약속으로 속이 그득합니다. 이런 모이로는 닭도 살이 오르지 않지요.

왕 동문서답이로구나, 햄릿. 그건 내 물음에 상관없는 말들이다.

햄릿 이제는 제 말도 아닙니다. 입 밖으로 나와 버렸으니까요. (폴로니어스에게) 대감은 대학 시절에 연극을 했다지요?

폴로니어스 그랬습니다. 괜찮은 연기라는 평을 들었지요.

햄릿 무슨 역을 맡았는데요?

폴로니어스 율리우스 역을 했습니다. 신전에서 암살을 당했지요. 브루투스가 나를 죽였습니다.

햄릿 이런 늙은이를 죽이다니, 브루투스도 어지간히 잔혹한 놈이로군. 배우들은 다 준비되었나?

로젠크랜츠 예, 왕자님. 분부만 기다리고 있습니다.

왕비 애, 햄릿. 이리 와서 내 곁에 앉아라.

햄릿 아뇨, 어머니. 이쪽에 더 강한 자석이 있는 걸요.

(오필리아 쪽으로 간다.)

폴로니어스 (왕에게) 호오! 저 말씀 들으셨습니까?

(두 사람이 햄릿을 지켜보며 속삭인다.)

햄릿 아가씨, 무릎 위에 누워도 괜찮겠소?

오필리아 안 됩니다. 왕자님.

햄릿 머리만 무릎 위에 얹겠다는 말이오.

오필리아 그렇다면, 왕자님.　　　　(햄릿, 오필리아의 발아래 앉는다.)

햄릿 내가 무슨 상스러운 짓이라도 할 줄 알았소?

오필리아 그런 생각은 안 했습니다.

햄릿 처녀 다리 사이에 눕는다, 거 괜찮은데?

오필리아 무슨 말씀이세요?

햄릿 아무것도 아니오.

오필리아 퍽 명랑하세요.

햄릿 누가? 내가?

오필리아 네, 왕자님.

햄릿 그야 나는 허튼소리나 지껄이는 놈에 지나지 않으니 명랑해 지는 수밖에 더 있겠소? 저기 좀 봐요, 우리 어머니의 저 명 랑하신 얼굴을. 아버지가 돌아가신 지 채 두 시간도 안 되는 데.　　　(왕비가 얼굴을 돌리고 왕과 폴로니어스와 뭔가를 속삭인다.)

오필리아 아녜요. 두 달의 배나 됩니다.

햄릿 그렇게 오래됐나? 그렇다면 상복을 악마에게 물려주고 나는 담비 털가죽 옷이라도 입어야겠군. 맙소사! 두 달 전에 죽었는데 아직도 잊히지가 않다니, 명성 있는 위인이라면 죽은 뒤에도 반년은 거뜬히 남을 수 있겠군. 그 뒤에는 교회를 지어야지, 그렇지 않으면 목마처럼 잊히고 말 테니까. 그 비문은 이런 거지.

'아아, 목마는 잊혀졌다!'

나팔 소리에 정면에 있는 커튼이 양쪽으로 열리고 무대가 나타난다. 그리고 무대에서 무언극이 시작된다.

(무언극) 왕과 왕비가 정답게 등장하여 서로 껴안는다. 왕비는 무릎을 꿇고 왕에 대한 애정의 맹세를 과장해서 표현한다. 왕은 왕비를 일으켜 앉히고 머리를 왕비의 어깨에 기대고 나서, 꽃이 만발한 언덕에 눕는다. 왕비는 왕이 잠든 것을 보고 그 자리를 떠난다. 곧 한 사나이가 등장하여 왕의 머리에서 왕관을 벗겨 들고 그 왕관에 키스를 하고는, 잠든 왕의 귀에 독약을 부어 넣고 나간다. 왕비가 돌아와 왕이 죽은 것을 알고 몹시 슬퍼하는 동작을 한다. 독살한 사나이가 서너 명의 부하를 데리고 다시 돌아와 왕비와 함께 슬퍼하는 체한

다. 시체가 들려 나간다. 독살한 사나이는 왕비 앞에 선물을 내놓으면서 사랑을 구한다. 처음에는 쌀쌀한 태도를 보이던 왕비도 결국 그의 사랑을 받아들인다. (막이 내린다.)

햄릿은 무언극이 진행되는 동안 초조한 듯이 자주 왕과 왕비를 바라본다. 왕과 왕비는 처음부터 끝까지 폴로니어스와 무슨 말을 속삭이고 있다.

오필리아 저건 무슨 뜻이죠, 왕자님?
햄릿 원, 형편없는 엉터리군. 저건 음모를 뜻하는 거요.
오필리아 무언극이 연극의 전체 줄거리인가 보죠?

막 앞에 배우 한 사람이 등장하자 왕과 왕비는 그제야 그쪽으로 눈길을 보낸다.

햄릿 저 배우의 말을 들어보면 알겠죠. 배우들은 비밀을 숨겨 두지 못하고 모두 털어놓거든.
오필리아 그러면 아까 그 무언극의 의미도 설명해 줄까요?
햄릿 (거친 말투로) 물론이지! 당신이 해 보이는 어떤 몸짓이라도 설명해줄걸. 부끄러워하지 말고 어떤 행동이라도 해봐요. 저 배우가 금방이라도 그 뜻을 설명해 줄 테니까.

오필리아 어머, 짓궂은 왕자님. 저는 연극이나 보겠어요.

배우 지금부터 상연하는 비극을 너그러우신 여러분께서 끝까지 보아주시기를 저희 극단 일동을 대표하여 청하옵니다.

(배우 퇴장)

햄릿 이게 개막사인가? 아니면 반지 이름인가?

오필리아 너무 짧아요.

햄릿 여자의 사랑처럼.

왕과 왕비로 분장한 두 배우가 등장한다.

극중 왕 우리의 마음이 사랑으로 합쳐지고 신성한 결혼의 신이 우리의 손을 백년가약으로 맺어주신 날부터, 태양신의 수레는 해신의 바닷길과 지신의 둥근 땅을 이미 서른 번이나 돌았고 열두 번을 찼다가 기우는 달도 지구를 서른 번이나 돌았구려.

극중 왕비 참으로 기나긴 여로, 앞으로도 해와 달이 횟수를 거듭하여 우리의 사랑이 이어지게 하소서! 그런데 슬프게도 요즈음 왕께서 병환이 나시어 기운이 평소 같지 않으시니 저는 여간 염려되지 않습니다. 그렇더라도 제가 염려한다고 해서 조금

도 언짢게 생각하지 마세요. 원래 여자는 사랑을 하면 걱정
하기 마련이고, 여자의 사랑과 걱정은 같은 크기로 따라다니
는 법이라 둘 다 전혀 없는가 하면 둘 다 지나치기 일쑤랍니
다. 제 사랑이 크니 걱정도 크답니다. 사랑이 커지면 하찮은
걱정도 두려움으로 바뀌고 두려움이 커지면 사랑 또한 자라
는 법입니다.

극중 왕 나는 머지않아 당신을 떠나야 할 몸이오. 내 생명의 힘이
쇠약해져 더 이상 기력이 없소. 그대는 이 아름다운 세상에
살아남아 존경을 받고 더욱 사랑을 받으시오. 그리고 혹시
다정한 사람을 만나면⋯⋯.

극중 왕비 아, 그만하세요! 그런 일은 제 가슴에 변심이라도 일어
나야 할 수 있는 일이에요. 재혼을 할 바에야 저주를 받겠어
요. 첫 남편을 죽인 여자가 아니라면 어떻게 재혼을 하겠습
니까?

햄릿 (방백) 아, 쓰다, 써.

극중 왕비 재혼하려는 마음은 천한 물욕이지 결코 사랑이 아닙니
다. 두 번째 남편의 품에 안겨 키스를 받는 것은 돌아가신 남
편을 두 번 죽이는 일입니다.

극중 왕 당신의 말을 나는 진심이라고 믿겠지만 사람들은 결심을
깨뜨리기 일쑤라오. 사람의 의지는 기억의 노예에 지나지 않

는 것이라 사랑의 마음은 생길 때는 맹렬하나 유지하기는 약하다오. 그것은 마치 열매와 같은 것으로 안 익었을 때에는 가지에 매달려 있다가도 익게 되면 저절로 떨어지고 말지. 자신에 대한 빚을 갚는 것을 잊는 것도 어쩔 수 없거니와 격정에 의해 세운 뜻은 그 격정이 식는 것과 함께 끝나는 것이오. 슬픔이나 기쁨, 격정의 시간이 지나면 실행력도 함께 사라지고 말아 하찮은 일로 희비가 뒤바뀌기가 십상이오.

이 세상에 변하지 않는 것이 없으니 우리의 사랑이 운명과 더불어 변함은 조금도 이상한 일이 아니오. 사랑이 운명을 이끄느냐 운명이 사랑을 이끄느냐 이것은 아직도 풀지 못한 숙제요. 세도가가 몰락하면 주변의 무리들도 흩어지고, 미천한 자도 성공하면 어제의 원수가 친구로 변하는 것이오. 이것은 사랑이 운명을 따르는 증거이며, 부유한 자는 친구가 부족하지 않는 반면 가난한 자는 부실한 친구를 시험해 보다 도리어 원수를 사고 마는 법이오.

어쨌든 결론을 맺자면 우리의 뜻과 운명은 엇갈리기 때문에 계획은 늘 뒤바뀌지. 뜻하는 것은 마음대로지만 성과는 뜻대로 되지 않는 법이오. 그러니 그대가 지금은 재혼할 뜻이 없더라도 그 뜻은 나의 죽음과 더불어 사라질 것이오.

극중 왕비 땅이 양식을 주지 않고 하늘이 광명을 주지 않으며, 낮과

밤의 오락과 휴식이 거부되고 믿음과 희망이 절망으로 변할지라도. 설사 감옥에 갇혀 평생 은자같이 살고 기쁨을 빼앗는 온갖 재앙이 내게 덮쳐 나의 소망을 짓밟으며, 영겁의 고민이 현세뿐 아니라 내세까지 나를 쫓아올지라도 남편을 잃고 어떻게 또다시 남의 아내가 될 수 있겠어요!

햄릿 (오필리아에게) 설마 저 맹세를 깨뜨릴까!

극중 왕 참으로 굳은 맹세구려. 자, 잠시 혼자 있게 해주오. 피곤에 지쳤으니 조금 자고 나면 이 지루한 하루가 개운해질 것 같소. (잠이 든다.)

극중 왕비 편히 주무세요. 우리들 사이에 행여 재앙이 닥치는 일이 없었으면……. (퇴장.)

햄릿 어머니. 이 연극, 마음에 드십니까?

왕비 맹세하는 대목이 너무 장황스러운 것 같구나.

햄릿 그렇지만 결국 맹세를 지킬걸요.

왕 햄릿은 연극의 내용을 알고 있느냐? 극중에 해괴한 점은 없느냐?

햄릿 아뇨, 그저 장난입니다. 장난으로 독살하는 것뿐이고 해괴한 점은 전혀 없습니다.

왕 연극의 제목이 무엇이었느냐?

햄릿 《쥐덫》이라고 합니다. 왜 그런 제목이냐구요? 물론 비유지요. 이 연극은 비엔나에서 일어난 암살 사건을 그대로 따서 만든 것입니다. 왕의 이름은 곤자고, 왕비의 이름은 뱁티스 타라고 합니다. 이제 곧 아시게 될 것입니다만 대단히 흉측 한 내용입니다. 하지만 뭐 상관없잖습니까? 왕께서나 저희 들처럼 양심이 깨끗한 사람들에게는 아무렇지 않습니다. 제 발 저린 놈을 떨게 합시다. 우리들은 아무렇지도 않으니.

루시어너스로 분장한 배우1 등장한다. 검은 옷차림에 손에는 독약이 든 병을 들고 있다. 얼굴을 잔뜩 찌푸리고 위협적인 태 도로 잠자는 왕 곁으로 다가간다.

햄릿 저건 왕의 조카 루시어너스라는 사람입니다.

오필리아 왕자님은 해설자처럼 설명을 잘하시네요.

햄릿 꼭두각시들의 희롱하는 수작만 봐도 당신과 애인 사이의 관 계를 해설하듯 난 해설을 잘할 수 있소.

오필리아 너무하세요, 왕자님! 너무하세요.

햄릿 너무하지 못하게 하려면 아마 신음깨나 해야 할걸.

오필리아 말씀이 점점 더 험하시네요.

햄릿 남편에게나 그렇게 하라구! (무대를 바라보며) 시작해라, 살인 자! 뭐야, 얼굴만 찌푸리지 말고 어서 시작하라니까. 어서,

'까마귀는 까악까악 복수하라고 울부짖는다.' 서부터.

루시어너스 가슴속은 시커멓고 손은 재빠르며, 때는 무르익고 확실한 약. 다행히도 마침 보는 사람도 없다. 캄캄한 밤중에 약초를 캐어 세 번이나 마녀의 주문 속에 말리고 세 번의 독기를 쐬어 만든 독약이여! 자연의 마력과 놀랄 만한 약효를 발휘하여 당장에 저 건강한 생명을 끊어라. (독약을 왕의 귀에 붓는다.)

햄릿 왕위를 빼앗으려고 정원에서 왕을 독살하는 장면입니다. 곤자고 왕 이야기는 지금까지 전해져 내려오는 전설로 훌륭한 이탈리아어로 씌어 있습니다. 계속 보시면 저 살인자는 곧 왕비를 유혹하여 손에 넣게 됩니다.

　　　　왕이 창백해진 얼굴로 비틀비틀 일어선다.

오필리아 왕께서 일어나세요.

햄릿 왜? 무서워 놀라셨나?

왕비 어떻게 된 일이죠? 몸이 불편하신가요?

폴로니어스 연극을 중지해라!

왕 등불을 가져오너라!　　　　　(밖으로 비틀비틀 걸어 나간다.)

폴로니어스 등불을 비추어라, 등불, 등불을!

　　　　　　　　　　(햄릿과 호레이쇼만 남고 모두 퇴장한다.)

햄릿 다친 사슴은 울어라.

성한 암사슴은 춤을 추어라.

밤새워 지키는 놈, 잠을 자는 놈,

이렇듯 세상은 굴러간다.

어때, 이만하면 나도 극단에 한몫 낄 수 있겠지?

옷에 새의 깃털이나 잔뜩 달고 샌들에 장미꽃 리본을 매면

말이야.

그리고 내 팔자가 기구해지면…….

호레이쇼 반몫은 되겠습니다.

햄릿 아니지, 한 사람 몫이야.

알지 않느냐. 오, 마귀야.

제우스 신은 쫓겨나고

이 땅을 통치하는 것은

몹시 으스대는 한 사나이.

호레이쇼 운율이 잘 맞지 않는군요.

햄릿 호레이쇼, 그 유령의 말을 이제는 천 파운드라도 주고 사겠

네. 자네도 보았는가?

호레이쇼 예, 잘 봤습니다, 왕자님.

햄릿 그 독살 장면 때도?

호레이쇼 자세히 살펴보았습니다.

로젠크랜츠와 길든스턴이 돌아온다.

햄릿 허어! (두 사람에게 등을 돌리고) 자, 음악을 울려라! 자. 피리를 불어! 왕께서 연극이 싫으시다면 아니, 정말로 싫으신 거다. 자, 음악, 음악!

길든스턴 왕자님, 죄송합니다만 한 말씀 드리고자 합니다.

햄릿 얼마든지 드리게나.

길든스턴 실은 폐하께서…….

햄릿 그래, 어떻게 되셨는가?

길든스턴 몹시 언짢아하시는 기색으로 침실로 들어가셨습니다.

햄릿 과음하셨나?

길든스턴 아닙니다. 화가 나셨습니다.

햄릿 그렇다면 의사한테 알리는 게 낫지 않을까? 섣불리 내가 치료한다고 했다가는 점점 더 화를 내실걸.

길든스턴 좀 조리 있게 말씀해 주십시오, 왕자님. 그렇게 요점을 피하시지만 마시고.

햄릿 얌전하게 듣겠다. 어서 말해 봐.

길든스턴 어머님이신 왕비님께서 대단히 염려하시면서 저를 보내셨습니다.

햄릿 잘 오셨습니다.

길든스턴 왕자님, 그런 인사는 이 자리에 어울리지 않습니다. 죄송하지만 사리에 맞는 대답을 해주시면 어머님의 분부를 전해드리겠지만 그렇지 않으시면 이만 물러가겠습니다. (예를 올린 뒤 돌아서려고 한다.)

햄릿 그건 못하네.

길든스턴 뭐가 말씀입니까?

햄릿 사리에 맞는 대답 말이야. 나는 머리가 돌았잖은가. 하지만 할 수 있는 대답이라면 자네가 묻는 말에 아니, 자네 말대로 어머님의 물음에 선선히 대답해주지. 그러니 이제 그만하고 용건을 말해 보게. 그래, 어머님께서?

로젠크랜츠 그럼 말씀드리겠습니다. 어머님께서는 왕자님의 행동이 너무나 뜻밖이라 매우 놀라셨다고 합니다.

햄릿 그래? 대단한 자식이로군. 어머님을 그렇게 놀라시게 하다니. 그래, 그 놀라움 뒤에는 아무 말씀도 없으셨는가?

로젠크랜츠 하실 말씀이 있으니 주무시기 전에 어머님 방으로 와주시라는 분부이십니다.

햄릿 알았어. 분부대로 하지. 지금보다 열 배쯤 훌륭한 어머니라고 생각하고 말이야. 용건이 더 있나?

로젠크랜츠 왕자님, 전에는 저를 아껴주셨습니다.

햄릿 지금도 아끼고 있지. 버릇 나쁜 두 손에 맹세하지만.

로젠크랜츠 왕자님, 요즈음 우울해하시는 원인이 무엇입니까? 우울한 마음을 친구에게 숨기시는 것은 왕자님 스스로를 부자유 속에 가두시는 일입니다.

햄릿 출세를 못해서 그러네.

로젠크랜츠 원, 별말씀을. 왕자님을 덴마크 왕의 후계자로 책봉한다는 왕의 선언이 있지 않았습니까?

햄릿 그야 그렇지. 하지만 '풀이 자라기를 기다리다 못해 망아지는 굶어 죽고' 이 속담도 어째 케케묵었구나.

(배우들이 피리를 들고 등장.)

아, 피리가 나왔구나. 어디 보자.

(피리를 하나 받아 들고 길든스턴을 한쪽 구석으로 데리고 간다.)

이리로 잠깐만, 그런데 왜 자꾸만 사람을 몰아세우나? 나를 덫에라도 몰아넣으려고 그러나?

길든스턴 왕자님. 제가 직책상 좀 지나치는 일이 있더라도 애정으로 인한 무례라고 생각해 주십시오.

햄릿 무슨 소리인지 잘 모르겠구나. 이 피리 좀 불어 주겠나?

길든스턴 저는 불 줄 모릅니다, 왕자님.

햄릿 부탁하네.

길든스턴 정말 불 줄 모릅니다.

햄릿 제발 부탁하네.

길든스턴 만질 줄도 모릅니다, 왕자님.

햄릿 피리 부는 것은 거짓말하는 것만큼이나 쉽다구. 이렇게 구멍을 손가락으로 막고 입으로 바람만 불어넣어봐. 굉장한 음악이 나올 테니까. 잘 봐. 여기를 눌러서 음조를 바꾸는 거야.

길든스턴 하지만 저는 조화롭게 아름다운 소리를 낼 줄 모릅니다. 그런 재주가 없습니다.

햄릿 아니, 그렇다면 자네는 어지간히도 나를 얕잡아본 모양이군! 나 같은 건 마음대로 불어 보겠단 말이지? 나의 어디를 누르면 음조가 바뀌는지 알고 있는 것처럼 내 마음속의 비밀을 빼내고 싶단 말이지. 최저음에서 최고음에 이르기까지 나를 죄다 울려보고 싶다 이런 말이군. 이 조그만 악기 속에는 음악의 절묘한 소리가 다 들어 있는데 불 줄 모른다니. 제기랄, 내가 피리보다 다루기 쉬워 보이나? 나를 악기처럼 취급하는 것은 좋지만 화나게는 해도 소리 나게는 못 하네!

(이때 폴로니어스 등장.)

아, 대감!

폴로니어스 왕자님, 왕비님께서 하실 말씀이 있으니 곧 오시라는 분부입니다.

햄릿 저기 저 낙타처럼 생긴 구름이 보이시오?

폴로니어스 아, 예. 꼭 낙타를 닮았군요.

햄릿 족제비 같이 생겼는데.

폴로니어스 아, 정말 고래 같습니다.

햄릿 그럼 곧 가 뵙는다고 이르시오.

(방백) 사람을 조롱해도 분수가 있지.

(큰 소리로) 곧 가겠소!

폴로니어스 그렇게 말씀드리지요. (폴로니어스, 로젠크랜츠, 길든스턴 퇴장.)

햄릿 '곧'이라고 말하기는 쉽지. 자, 다들 물러가 주게.

(햄릿만 남고 모두 퇴장.)

밤이 깊었구나. 지금은 마귀들이 활개를 칠 시간. 무덤은 입을 크게 벌리고 지옥에서는 무서운 독기를 세상에 내뿜는다. 지금만 같으면 나도 산 사람의 뜨거운 피를 마실 수 있고, 낮에는 엄두도 못 낼 잔인한 행위도 할 수 있다.

가만 있자, 우선 어머니한테 가 봐야지. 심장아, 천륜을 잃지 마라. 이 성실한 가슴속에 폭군 네로 같은 마음을 들어오게 하면 안 된다. 가혹하게는 대하더라도 자식의 도리는 잊지 말아야지. 혀끝으로 찌르되 칼은 쓰지 않을 테다. 이 일에 있어서만은 마음과 혀가 서로를 속여 말로는 아무리 거칠게 욕하더라도 그것을 행동으로 옮겨서는 결코 안 된다. 알았나? 내 영혼아! (햄릿 퇴장한다.)

3장

복도 옆에 있는 접견실
Scena Tertia

한쪽에 기도대가 놓여 있고, 복도 옆에 있는 접견실에 왕과 로젠크랜츠, 그리고 길든스턴이 등장한다.

왕 더 이상 참을 수 없는 일이야. 미치광이를 그렇게 내버려 둔다는 것은 위험한 일이이기도 하고. 위임장을 써 줄 테니 제군들은 그것을 가지고 그 녀석과 함께 영국으로 떠날 준비를 하도록 해라. 끊임없이 발생하는 광증의 위험을 이렇게 가까이 두고서야 어찌 나라의 상태가 편안할 수 있겠느냐.

길든스턴 곧 준비하겠습니다. 폐하의 성은에 목숨을 의지하고 사는 백성들의 안전을 보호해 주시고자 하심은 참으로 거룩하고 황송한 베풂이십니다.

로젠크랜츠 사사로운 개인의 생명도 위험할 때에는 지력을 다하여 보호하는데 하물며 무수한 생명이 그 안위에 달려 있는 옥체야 두말할 나위도 없습니다. 국왕의 불행은 옥체 한 몸에 그치는 재앙이 아니라 소용돌이처럼 주변의 모든 것을 끌어들입니다. 아니면 높은 산정에 장치된 무거운 수레바퀴처럼 큰 바퀴살에는 조그만 인간들이 수없이 많이 매달려 있어, 바퀴가 굴러 떨어지면 함께 무너지고 맙니다. 폐하의 탄식은 온 백성의 신음 소리인 것입니다.

왕 어서 준비해서 빨리 떠나 다오. 여태까지 방임했던 이 위험에 쇠고랑을 채워야겠다.

로젠크랜츠, 길든스턴 서둘러 준비하겠습니다. (두 사람 퇴장.)

폴로니어스 등장.

폴로니어스 폐하, 햄릿왕자는 지금 왕비님 방에 들어가십니다. 신은 커튼 뒤에 숨어서 두 분의 이야기를 엿듣겠습니다. 왕비님께서는 아마 대단히 심하게 꾸중하실 것입니다만, 폐하의 말씀대로 모자간이라 자연 아드님 편으로 생각이 치우칠지도 모르므로 왕비님 이외의 누군가가 엿듣는 것이 좋겠습니다. 그럼 다녀오겠습니다, 폐하. 잠자리에 드시기 전에 결과를 말씀드리겠습니다.

왕 고맙소.   (폴로니어스 퇴장하고 왕은 이리저리 걸어 다니면서)

아, 부패한 내 죄악의 악취가 하늘까지 닿는구나. 인류 최초의 저주를 받은 형제 살인의 죄. 그 때문에 마음은 아무리 간절해도 기도를 드릴 수가 없구나. 기도하고 싶은 마음은 강하나 그보다 더 큰 죄책감에 압도당하고 만다. 한꺼번에 두가지 일을 하려는 사람처럼 어디서부터 시작할까 망설이다가 양쪽을 다 못하고 마는구나.

비록 이 저주 받은 손이 형의 피로 더럽혀졌을지라도 자비로운 하늘에는 이 손을 백설처럼 희게 씻어 줄 단비가 없을까? 자비가 죄인에게 베풀어지지 않는다면 또 어디에 베풀어진다는 것인가? 죄를 미리 막기도 하고 일단 죄를 지은 다음에는 용서해 주는 이중의 힘이 있기에 기도를 올리는 것 아닌가? 그렇다면 나도 얼굴을 들자. 나의 죄과는 이미 과거의 일이니.

그렇지만 아, 뭐라고 기도를 드려야 용서받을 수 있을까? "비열한 살인죄를 용서하소서." 하면 될까? 그럴 수는 없다. 살인으로 인한 이득을 아직도 다 갖고 있지 않은가? 나의 왕관과 나의 야심과 나의 왕비를. 죄의 이익을 그대로 가진 채 용서를 받을 수 있을까? 이 세상 부패의 흐름 속에서는 범죄의 손도 황금으로 도금하여 정의를 밀어낼 수 있겠지. 부정한 수단으로 얻은 재물로 국법을 매수하는 일도 흔히 보니까.

그러나 천상에서는 속임수가 통하지 않아. 우리의 모든 행위는 증거가 그대로 드러나니 지은 죄에 대해서는 일일이 고백하지 않으면 안 된다. 그렇다면 어떻게 해야 좋은가? 앞으로 어떻게 하면 되는가? 회개해 보자. 회개로 안 될 일이 있겠는가? 그러나 회개할 수 없는 경우에는 어떻게 해야 하나? 아, 비참한 신세로다. 죽음처럼 어두운 내 마음! 오, 덫에 걸린 새와 같은 이 영혼, 벗어나려고 몸부림칠수록 더 꼼짝할 수 없게 되는구나! 천사여, 도와주소서! 어디 한번 해보자. 자, 구부러져라, 억센 무릎아. 부드러워져라, 강철 같은 마음아. 갓난아기의 살결처럼 부드러워져서 모든 일이 잘 되어주었으면……. (무릎을 꿇는다.)

이때 햄릿이 왕의 접견실로 가다가 왕이 기도하고 있는 모습을 보고 멈추어 선다.

햄릿 (복도 입구에 다가서면서) 기회는 지금이다. 마침 기도를 하고 있구나. 자, 해치우자.　　　　　　　　　　　　　(칼을 빼 든다.)

그러면 악한은 천당으로 가고 나는 드디어 원수를 갚게 된다. 그런데 가만 있자, 이건 생각해 볼 문제구나. 악한이 내 아버지를 죽였는데 그 보답으로 아들인 내가 악한을 천당에 보내? 아니, 이건 복수가 아니라 도리어 사례를 하는 꼴이 된다. 저자의 손에 의해 아버지는 현세의 온갖 욕망과 죄를 짊어진 채, 죄업이 5월의 꽃처럼 한창 만발하고 있을 때 살해당하지 않았는가. 그러니 저승에서 어떤 대접을 받게 될 것인지 하나님 말고 누가 알겠는가? 우리 인간 세상의 기준으로 미루어 보면 아마 무거운 벌을 받으실 게 틀림없다. 그런데 저자가 기도로써 영혼을 깨끗이 씻어 천당의 길을 떠나기에 꼭 알맞은 이때 죽이는 것이 과연 가련한 아버지에 대한 복수가 되겠는가? 천만에.　　　　　　　(칼을 다시 칼집에 꽂는다.)

칼아! 참고 기다렸다가 좀 더 살기 가득한 기회를 엿보아라. 만취하여 곤드라졌을 때나 격분했을 때나 도박이나 폭언을 할 때, 그 밖에 전혀 구원의 여지가 없는 나쁜 짓을 하고 있을 때, 그런 때에 저자를 쳐라. 그러면 뒷발로 하늘을 차고 굴러 떨어지는 그의 영혼은 자기가 가야 하는 지옥만큼이나 저주 받게 될 테니. 어머니가 기다리고 계신다. 너를 살려두는 것은 너의 괴로운 나날을 연장시켜 주기 위해서다.

(햄릿이 그곳을 떠난다.)

왕   (기도하던 자리에서 일어나면서) 나의 말은 하늘로 날아가지만 생
각은 지상에 머물러 있구나. 생각이 따르지 않는 말은 결코
하늘에 이르지 못하나니.   (왕이 퇴장한다.)

4장

왕비의 내실

Scena Quarta

벽에는 커튼이 드리워져 있고, 다른 쪽에는 선왕의 초상화와 왕의 초상화가 걸려 있다. 그리고 긴 의자와 작은 의자 몇 개가 놓여 있다.

왕비와 폴로니어스 등장.

폴로니어스 곧 오십니다. 단단히 타이르십시오. 장난을 쳐도 분수가 있어야 하지 않겠습니까? 둘 사이에서 폐하의 역정을 간신히 막았노라고 말씀하십시오. 저는 이 뒤에 숨어 있겠습니다. 제발 혼을 좀 내 주십시오.

햄릿 (무대 밖에서) 어머니, 어머니, 어머니!

왕비 그러겠어요. 염려 마세요. 오는 소리가 들리니 어서 숨으세요.

(폴로니어스, 커튼 뒤에 숨는다.)

햄릿이 들어온다.

햄릿 어머니, 무슨 일이십니까?

왕비 햄릿, 너의 아버지께서는 너 때문에 대단히 화가 나셨다.

햄릿 어머니, 아버님께서는 어머니 때문에 대단히 화가 나셨습니다.

왕비 아니, 그런 불성실한 대답이 어디 있느냐?

햄릿 아니, 그런 부도덕한 질문이 어디 있습니까?

왕비 왜 그러느냐, 햄릿?

햄릿 왜 그러십니까?

왕비 나를 잊었느냐?

햄릿 잊다니요, 천만에요! 왕비시고, 남편 동생의 아내이십니다.
그리고 그렇지 않았더라면 좋았을 것을 불행히도 저의 어머니십니다.

왕비 정 그렇다면 너를 혼내줄 수 있는 분을 불러야겠다.

(퇴장하려 한다.)

햄릿 (왕비를 붙들고) 자, 자, 앉으십시오. 그 마음속을 거울에 환히 비추어 보여 드릴 테니 꼼짝도 하지 마십시오. 그 전에는 한 발짝도 움직이지 못하십니다.

왕비 어쩌자는 거냐? 나를 죽일 참이냐? 사람 살려요!

폴로니어스 (커튼 뒤에서) 큰일 났다, 사람 살려!

햄릿 (칼을 빼 들고) 이건 뭐야, 쥐냐? 뒈져라, 뒈져!

(커튼 속을 칼로 찌른다.)

폴로니어스 (쓰러지면서) 아이구우, 나 죽는다!

왕비 아이구머니나, 이게 무슨 짓이냐?

햄릿 저도 잘 모르겠습니다. 왕입니까?

(커튼을 들어 보니 폴로니어스가 죽어 있다.)

왕비 아, 이 무슨 난폭하고 잔인한 짓이냐!

햄릿 잔인한 짓이요? 어머니, 왕을 죽인 동생과 결혼하는 것보다는 나을걸요.

왕비 왕을 죽인?

햄릿 그렇습니다.

(폴로니어스의 시체를 보면서) 경솔하게 아무 데나 참견하는 못난 바보 같으니. 좀 더 나은 인간인 줄 알았지. 다 네 운명으로 받아들여라. 너무 설치면 위험하다는 걸 이제는 알았겠지.

(커튼을 놓고 왕비를 향하여) 그렇게 가슴만 쥐어뜯지 마시고 진정하고 앉으십시오. 내가 그 가슴을 쥐어짜 드릴 테니까. 그

가슴에 도리가 통한다면 말입니다. 그 망측한 습관으로 가슴
이 놋쇠처럼 굳어서 감정이 전혀 뚫고 들어갈 수 없을 만큼
느낌이 무디어지지 않았기를 바랄 뿐입니다.

왕비 내가 뭘 어쨌다고 네가 감히 그토록 무례하게 큰소리로 내게
욕을 하며 대드느냐?

햄릿 여자의 정숙함과 수줍음을 더럽히고, 미덕을 위선이라 부르
게 했으며, 깨끗하고 진실된 여인의 아름다운 이마에서 장미
꽃을 떼어내고 그 자리에 창부의 낙인을 찍었으며, 결혼의
맹세를 저버리고 신성한 결혼 예식을 한낱 광대극으로 만들
지 않았습니까? 그런 행동에 하늘도 격분하여 얼굴을 붉히
고, 이 단단한 대지에 최후 심판의 날이라도 당한 것처럼 수
심에 잠겨 있습니다.

왕비 아니, 내가 대체 어떤 행동을 했다고 이렇게 야단법석이냐?

햄릿 (벽에 걸린 두 초상화 쪽으로 왕비를 데리고 가서) 자, 보십시오, 이 초
상화와 그리고 저 초상화를. 같은 피를 나눈 두 형제분의 초
상화입니다. 보십시오. 저 빼어난 아름다운 얼굴을. 태양신
아폴론처럼 물결치는 머리카락과 주피터처럼 넓은 이마, 주
위를 위압하고 호령하는 군신 마르스 같은 눈, 하늘로 치솟
은 산꼭대기에서 갓 내려온 사신 머큐리처럼 의젓한 자세,
실로 모든 신들이 인간의 본보기로서 우리에게 조화와 형상

을 보증해 줄 분, 이분이 전 남편이십니다. 자, 다음에는 이쪽 초상화를 보십시오. 현재의 남편입니다. 형을 말려 죽인 병든 보리 이삭 같은 놈입니다. 도대체 어머니는 눈이 있습니까? 이렇게 아름다운 산을 버리고 이런 황무지에서 맛있는 먹이를 찾다니, 기가 막히지 않습니까? 어머니는 정말 눈이 있습니까? 이걸 사랑이라고 부를 수는 없는 거지요.

어머니 정도의 나이가 되면 불같은 욕정도 숨이 죽어 순해지고 냉철한 이성에 따르는 게 맞지 않습니까? 어머니의 판단으로는 여기서 이리로 자리를 옮기랍디까? 욕정이 있는 것을 보면 틀림없이 감각도 있을 텐데, 그 감각이 마비되어 버린 것이 틀림없어요. 미치광이도 그런 실수는 안 합니다. 하물며 아무리 광증에 자유를 빼앗긴 감각이라도 약간의 변별력은 남아 있을 텐데, 이런 뚜렷한 차이를 구별 못하시다니요? 귀신한테 홀려서 눈뜬장님이라도 되셨단 말입니까? 감각이 없더라도 눈이 있으면, 시력이 없더라도 감각이 있으면, 혹은 손이나 눈이 없어도 귀가 있다면, 다른 아무것이 없어도 코만 있다면, 혹은 비록 병든 감각이 한 조각이라도 남아 있다면 이렇듯 망령을 부릴 수는 없는 것입니다.

아, 수치심아! 너의 부끄러움은 어디로 갔느냐? 저주 받을 욕정아, 네가 중년 여인의 뼛속에서 반란을 일으킬 수 있다면 피 끓는 청춘에서는 도덕이 양초처럼 불에 녹아 아예 없어지려무나. 감당 못할 욕정에 빠지더라도 부끄러워할 것은 조금도 없겠구나. 머리에 흰 서리가 내려앉은 늙은이도 정욕의 불길에 활활 타오르고 이성이 간음의 앞잡이 노릇을 하는 판이니까.

왕비 오, 햄릿, 그만해라. 네 말을 들으니 비로소 이 마음속이 뚜렷이 들여다보이는구나. 내 마음속에 새겨진 이 시커먼 오점, 아무리 씻어도 지워지지 않을 게다.

햄릿 아니, 지워지기는커녕 기름에 절인 땀내 나는 이불 속에 들어가 간음에 넋을 잃고 돼지처럼 엉켜서 시시덕거리고…….

왕비 오, 그만해라. 네 말이 비수처럼 내 가슴을 찌르는구나. 그만해 다오, 햄릿.

햄릿 살인자, 악당! 선왕의 오백 분의 일만도 못한 하인 같은 놈! 폭군 중의 폭군, 영토와 왕권을 가로챈 소매치기! 귀중한 왕관을 훔쳐다가 제 호주머니에 집어넣은 놈…….

왕비 그만!

햄릿 누더기를 걸친 거지와 같은 놈……,

(이때 유령이 나타난다.) 오, 하늘의 수호신들이여, 저를 구해주소서. 당신들의 날개로 나를 덮어 보호하소서!

(유령에게) 무슨 일로 나오셨습니까?

왕비 오, 제정신이 아니구나.

햄릿 이 불효자식이 어물어물 때를 놓치는 우유부단한 꼴을 꾸짖으러 오신 것입니까? 말씀하십시오!

유령 잊지 말아라! 내가 이렇게 찾아온 것은 무디어진 네 결심을 날카롭게 갈아주기 위해서다. 하지만 보아라, 네 어머니의 두려움에 떠는 모습을. 고민을 덜어 드려라! 약한 자일수록 미망은 강하게 작용하는 법이다. 자, 어머니에게 말을 건네라, 햄릿.

햄릿 어떠십니까, 어머니?

왕비 오, 어떻게 된 일이냐. 허공을 노려보며 아무 실체도 없는 공기와 이야기를 하다니? 비상경보에 놀란 군인처럼 네 영혼은 눈을 번득이고 잘 빗은 머리카락들이 오물통에라도 빠진 듯 곤두섰구나. 애야, 진정해라. 비록 영혼이 불길처럼 타오르더라도 냉정을 찾고 꾹 참아 다오. 아니, 어디를 그렇게 노려보는 거냐?

햄릿 저분을 보십시오! 저렇게 창백한 얼굴로 이쪽을 바라보고 계십니다! 저 모습으로 가슴에 맺힌 원한을 듣는다면 돌도 눈물을 흘릴 것입니다. 그렇게 보지 마십시오. 그렇게 애처로운 눈빛을 하시면 저의 굳은 결심이 꺾이고 맙니다. 그러면 내가 해야 할 일은 빛을 잃어 피 대신 눈물을 흘리게 되고 맙니다.

왕비 누구에게 하는 말이냐?

햄릿 저기 아무것도 안 보입니까?

왕비 아무것도 없잖니!

햄릿 그럼, 아무 소리도 안 들립니까?

왕비 아니, 우리 두 사람의 말소리밖에는…….

햄릿 저기를 좀 보십시오! 지금 사라지고 있지 않습니까? 아버님이! 살아계실 때와 똑같은 모습으로! 보십시오, 저쪽으로 가십니다. 지금 막 문밖으로 나가십니다!　　　(유령이 사라진다.)

왕비 네 눈에 헛것이 보인 게냐? 광증은 종종 그런 환상이 보인다더라.

햄릿 환상? 저의 맥박은 어머니의 맥박과 조금도 다름없이 건강하고 규칙적으로 고동치고 있습니다. 제 말은 절대로 광증에서 나온 말이 아닙니다. 시험해 보십시오. 한 마디도 틀리지 않고 되풀이할 수 있습니다. 미친 거라면 어딘가에서 빗나갈 것입니다. 어머니, 제발 부탁합니다. 그렇게 양심에 자기 위안의 고약을 발라 자신의 죄를 잊고 아들의 광증 탓이라고 말씀하시지 마십시오. 그런 고약은 상한 상처를 얇은 막으로 덮어주겠지만 곪은 상처의 뿌리는 자꾸만 속으로 파고들어 모르는 사이에 온몸에 퍼지고 맙니다. 하느님께 죄를 고백하십시오. 지난날의 잘못을 뉘우치고 앞으로는 근신하십시오. 잡초에 거름을 주어 더욱 무성하게 하는 짓은 하지 마십시오. 그리고 이런 충고를 용서하십시오. 이렇게 썩을 대로 썩은 세상에서는 미덕이 악덕에게 용서를 구해야 하지요. 이로운 말을 하는데도 머리를 조아리고 비위를 맞춰야 하는 판입니다.

왕비 아, 햄릿. 너는 내 가슴을 찢어놓는구나!

햄릿 그러면 나쁜 쪽은 버리시고 나머지 좋은 쪽으로 좀 더 깨끗하게 살아가십시오. 그럼 안녕히 주무십시오. 그렇지만 숙부의 잠자리에는 가시면 안 됩니다. 정절이 없거든 있는 체라도 하십시오. 습관은 악습에 대한 인간의 모든 감각을 먹어 삼켜버리지만 반면에 천사의 역할도 합니다. 올바른 습관이 계속되면 처음에는 어색한 옷 같아도 어느새 몸에 꼭 어울리게 됩니다. 오늘 밤에는 참으십시오. 그러면 내일 밤에는 한결 참기가 쉬워집니다. 이렇듯 습관은 천성을 바꿀 수도 있고 악마를 다스릴 수도 내쫓을 수도 있는 신비로운 힘을 가지고 있습니다. 다시 한 번 안녕히 주무십시오. 하나님의 자비를 구하고 싶다면 함께 축복을 기도해 드리겠습니다.
(폴로니어스를 가리키면서) 이 영감은 유감스럽게 되었습니다. 하지만 다 하늘의 뜻, 하나님은 이것으로 저를 벌주시려고 제

손을 빌려 이 늙은이를 처벌하신 것입니다. 저는 신의 벌을 전하고 집행하는 구실을 한 것입니다. 시체는 제가 처리하지요. 그리고 이 사람을 죽인 책임은 제가 지겠습니다. 그럼 다시 한 번, 안녕히 주무십시오. 자식 된 도리로 충언을 하자니 이렇게 가혹해지지 않을 수가 없었습니다. 이것은 불행의 서막일 뿐, 더 끔찍한 일이 남아 있습니다. (나가려다 다시 돌아서서) 한 마디만 더 말씀드리지요, 어머니.

왕비 나는 어떻게 하면 좋으냐?

햄릿 내가 절대로 하지 말라고 한 말을 무시하고 무슨 짓이든지 하시지요. 비곗덩어리 왕이 끌거든 다시 침실로 따라가시구요. 음탕하게 볼이나 꼬집히고, "요 귀여운 내 생쥐야." 하는 소리나 들으며 퀴퀴한 냄새 나는 입으로 두어 번 입이나 맞추게 하고, 그 징그러운 손가락으로 목을 간질이거든 다 고해바치시지요. 실은 그 애가 미친 것이 아니라 미친 체하고 있는 것이라고 사실대로 알려주시지요. 아름답고 정숙하고 슬기로운 왕비가 아니고서야 누가 그 두꺼비에 박쥐에 수괭이 같은 놈한테 이런 중대한 일을 숨길 수 있겠습니까? 분별이고 비밀이고 다 소용없지요.
유명한 원숭이 이야기도 있지 않습니까? 지붕에 새장을 들고 올라가서 뚜껑을 열어 새들을 다 날려 보내고 자기도 한

번 날아본답시고 그 속에 기어들어가 뛰어내리다가는 지붕
에서 떨어져 목이 부러진답니다.

왕비 염려 말아라. 사람의 말이 숨결에서 나오고 숨결이 목숨으로
된 것이라면, 나는 네 말을 누설할 숨결도 목숨도 없구나.

햄릿 저는 영국에 가야 합니다. 아십니까?

왕비 아, 깜박 잊고 있었구나. 그렇게 결정되었단다.

햄릿 국서는 이미 봉해지고 독사처럼 믿음직한 내 친구 두 놈이 왕
명을 받았습니다. 그놈들은 길잡이 노릇을 하며 나를 함정으
로 몰고 갈 모양이지만 해 보라죠, 제 손으로 묻은 지뢰가 터
져서 허공에 날아올라가는 꼴을 구경하는 것도 재미있을 테
니까. 수고스럽지만 그놈들이 묻어놓은 지뢰 밑을 석 자 정
도 더 파서 놈들을 달나라까지 날아올라가게 만들고 말 것입
니다. 이거 참 재미있겠는데, 외나무다리에서 원수를 만나는
격이군.

(폴로니어스를 내려다보며) 이 영감 덕분에 내가 바빠지겠군. 시
체를 끌고 가야겠다. 그럼 어머니, 안녕히 주무세요. 이 대감
은 이제야 조용히 입을 다물고 엄숙해졌군요. 살아있을 때는
어리석은 수다쟁이였는데. 자, 가볼까. 일단 일을 끝내야지.
가겠습니다. 어머니.

(햄릿은 시체를 끌고 퇴장한다. 혼자 남은 왕비는 침대에 엎드려 흐느낀다.)

THE TRAGEDIE OF
HAMLET, Prince of Denmarke.

제4막

Actus Quartus.

1장

왕비가 기거하는 방

Scena Prima

잠시 후에 왕이 로젠크랜츠와 길든스턴을 거느리고 왕비의 방
으로 들어온다.

왕   (왕비를 안아 일으키며) 왕비의 한숨 소리를 들으니 무슨 일이 있
나 보구려. 이 깊은 탄식의 이유를 말해 보시오. 나도 알아야
하지 않겠소? 햄릿은 어디 갔소?

왕비   잠시 우리만 있게 해주세요.   (로젠크랜츠와 길든스턴 퇴장한다.)
아, 오늘 밤에 참으로 끔찍한 일을 당했습니다.

왕   무슨 일이오, 거트루드? 햄릿이 어떻게 했소?

왕비   파도와 바람이 서로의 힘을 겨루며 광란하듯 햄릿은 미쳐버

렸어요. 한참 발광하고 있는데 커튼 뒤에서 무슨 소리가 나니까 휙 칼을 빼 들더니, "쥐새끼다, 쥐새끼!" 하면서 미치광이처럼 뒤에 숨은 노인을 찔러 죽였어요.

왕 오, 그럴 수가! 그 자리에 내가 있었더라면 변을 당할 뻔했구려. 내버려 두었다가는 나나 당신이나 다른 누구라도 큰 화를 입겠소. 아, 이 유혈 행위를 뭐라고 해명해야한단 말이오? 젊은 미치광이를 미리 경계하여 나다니지 못하게 바깥과의 접촉을 끊었어야 하는 것을……, 그렇게 하면 세상은 나를 욕할 것 아니오? 그 애를 너무나 사랑했기 때문에 그 방법만은 피하려고 했었소. 결국 환자가 소문나지 않게 병을 숨기려다 도리어 자기 생명을 갉아 먹힌 격이 되었구려. 그 애는 어디 갔소?

왕비 자기가 죽인 시체를 치우러 나갔답니다. 하찮은 광석 속에 묻힌 순금처럼, 그 광기 속에도 한 조각의 맑은 정신이 남아 있었는지 자기가 한 일에 대해서 눈물을 흘렸어요.

왕 왕비, 들어갑시다. 해가 동산에 솟아오르면 햄릿을 배에 태워 보내야겠소. 이 불상사는 권력과 계책으로 적당히 얼버무려 해명하는 수밖에 없겠소. 여봐라, 길든스턴!

(길든스턴과 로젠크랜츠 다시 등장한다.)

자네들 두 사람은 가서 몇 사람 더 불러오도록 하라. 햄릿이

광란 중에 폴로니어스를 살해하고 시체를 어디론가 끌고 나
간 모양이다. 빨리 가서 찾아보아라. 부드러운 말로 타이르
도록 해라. 그리고 시체는 예배당에 안치하여라. 서둘러라!

(두 사람 퇴장.)

거트루드, 곧 유능한 중신들을 불러서 이 갑작스런 불상사와
계책을 알려야겠소. 세상의 비방은 포탄이 과녁을 맞히듯 지
구 끝까지라도 독설을 싣고 가는 법. 그러니 이렇게 선수를
치면 내 명성에는 맞히지 못하고 허탕만 치게 될 거요. 자,
들어갑시다. 지금 내 마음은 갈피를 잡을 수 없고 불안만 가
득하오.   (왕과 왕비 퇴장.)

2장

궁정 안의 다른 방

Scena Secunda

햄릿이 등장한다.

햄릿 이만하면 잘 숨겼겠지.

로젠크랜츠, 길든스턴 (안쪽에서) 햄릿 왕자님!

햄릿 가만, 저 소리는 뭐지? 누가 나를 부르는군. 저기들 온다.

로젠크랜츠와 길든스턴이 호위병을 데리고 허겁지겁 등장한다.

로젠크랜츠 시체는 어떻게 하셨습니까, 왕자님?

햄릿 흙과 섞었지, 서로 같은 종류니까.

로젠크랜츠 어디 두셨는지 말씀해 주십시오. 저희들이 찾다가 예배당에 안치하겠습니다.

햄릿 믿지들 말게.

로젠크랜츠 무엇을 말씀입니까?

햄릿 내가 자네들의 비밀은 지킬 수 있고 자네들은 내 비밀을 지킬 수 없다는 걸 말이야. 더구나 왕의 아들이 해면의 질문에 어떻게 대답할 수 있겠나?

로젠크랜츠 제가 해면으로 보이십니까, 왕자님?

햄릿 그래. 왕의 총애와 은혜와 권력을 빨아들이는 해면이지. 하기야 그런 관리들이 왕에게는 가장 필요한 인간들이란 말이야. 왕은 그런 인간들을 원숭이가 능금을 넣어두듯이 입 한쪽에 넣어두지. 처음에는 넣고만 있지만 나중에는 꿀꺽 삼켜버린다구. 자네들에게 뭔가 빨아들이게 해 놓았다가 필요할 때 꾹 짜기만 하면 되거든. 그러면 자네들은 해면이라 다시 속이 바짝 말라버릴 거란 말이야.

로젠크랜츠 무슨 말씀이신지 모르겠습니다, 왕자님.

햄릿 거 다행한 일일세. 쇠귀에는 독설도 염불이거든.

로젠크랜츠 왕자님, 시체를 어디다 두셨는지 말씀하셔야 합니다. 그리고 어전으로 가시지요.

햄릿 시체는 왕과 함께 있지만 왕은 시체와 함께 있지 않아. 왕 같

은 것은……,

길든스턴 왕 같은 것이라니요, 왕자님?

햄릿 아무것도 아니야. 어전에 안내해라. 꼭꼭 숨어라, 머리카락 보인다. (햄릿이 달려 나가고, 두 사람이 그 뒤를 쫓아간다.)

3장

궁정 안의 홀

Scena Tertia

왕이 두세 명의 중신들과 단상에 책상을 마주하고 앉아 있다.

왕 햄릿을 붙들어서 시체를 찾아오라고 사람을 보냈소. 마음대로 돌아다니게 내버려 두었다가는 또 얼마나 위험할지 모르겠소. 그렇다고 백성들의 사랑을 받고 있는 그 애를 엄벌에 처할 수도 없소. 대개 경박한 백성들이란 이성으로 판단하지 않고 눈에 보기 좋으면 가부를 결정하며 따라서 범죄자가 받는 형벌만 문제시하지 범죄 그 자체는 생각하지 않기 때문이오. 일을 원만하게 처리하려면 왕자를 급히 해외로 보내는 수밖에 없소. 오랜 생각 끝에 이런 조치를 취한 것처럼 보이게 해서 말이오. 절망적인 병은 절망적인 방법으로 치료하는 수밖에 다른 방법이 없구려.　(로젠크랜츠와 길든스턴, 기타 등장.) 어떻게 되었느냐?

로젠크랜츠 시체를 어디다 감췄는지 도무지 말하지 않습니다.

왕 왕자는 어디 있느냐?

로젠크랜츠 밖에 계십니다. 분부가 계실 때까지 감시를 붙여 두었습니다.

왕 이리 불러오너라.

로젠크랜츠 여봐라, 왕자님을 모셔라!

　　햄릿, 호위되어 등장.

왕 자, 햄릿. 폴로니어스는 어디 있느냐?

햄릿 식사 중입니다.

왕 식사 중이라, 어디서?

햄릿 먹고 있는 것이 아니라 먹히고 있습니다. 지금 정치 구더기들이 모여서 열심히 먹고 있는 중입니다. 구더기란 놈은 대식가거든요. 우리는 우리가 살찌자고 다른 동물들을 살찌우고, 우리가 살찌는 것은 구더기를 살찌우기 위한 것입니다. 구더기에게는 살찐 왕이나 여윈 거지나 맛은 다르지만 한 식탁에 오르는 두 쟁반의 요리일 뿐이지요.

왕 아아, 아!

햄릿 왕을 뜯어먹은 구더기를 미끼로 고기를 낚고, 구더기를 먹은 그 고기를 사람이 먹을 수도 있습니다.

왕 그게 무슨 뜻이냐?

햄릿 왕이 거지 뱃속에 행차하실 수도 있다는 말씀을 드린 것뿐입니다.

왕 폴로니어스는 어디 있나?

햄릿 천당에요. 사람을 보내어 알아보십시오. 천당에서 찾지 못하거든 다음에는 직접 반대편에 가서 찾아보시지요. 그렇지만 이달 안에 찾아내지 못하시면 로비로 통하는 계단에서 냄새가 날 것입니다.

왕 (시종들에게) 거기 가서 찾아보아라.

햄릿 자네들이 올 때까지 도망치지는 않을 거야.   (시종들 퇴장.)

왕 햄릿, 이번 행동은 내가 몹시 가슴이 아프고, 또 무엇보다도 네 몸의 안전이 걱정되어 하는 말이다. 일이 이렇게 되었으니 너를 이곳에서 한시 바삐 떠나보내야겠다. 그러니 곧 떠날 준비를 해라. 배편은 이미 마련되어 있으며 바람도 순풍이고 수행원들도 기다리고 있다. 영국으로 떠날 준비가 모두 갖춰졌다.

햄릿 영국으로요?

왕 그렇다, 햄릿.

햄릿 좋습니다.

왕 그래야지, 내 본의를 알아준다면.

햄릿 그 본의를 꿰뚫어보고 있는 천사가 눈에 보입니다. 하지만 가자, 영국으로! (인사를 하며) 안녕히 계십시오, 어머니.

왕 너의 사랑하는 아버지다.

햄릿 어머니입니다. 아버지와 어머니는 남편과 아내이고 남편과 아내는 일심동체이니 어머니지요.
(호위병들을 돌아다보며) 자, 가자, 영국으로!

(햄릿이 호위되어 퇴장한다.)

왕 (로젠크랜츠와 길든스턴에게) 어서 따라가서 바로 배에 태우도록 해라. 머뭇거려선 안 된다. 오늘 밤 안으로 당장 보내야겠다. 너희도 같이 가거라. 그 밖의 절차는 봉서에 다 준비되어 있다. 서둘러 다오. (왕만 남고 모두 퇴장한다.)
영국 왕이여, 우리 덴마크군의 창검이 휩쓸고 지나간 상흔이 아직도 생생하고 붉으며 나의 위대한 힘을 충분히 알아 충성을 자청한 그대이니, 나를 존중한다면 설마 나의 엄명을 냉정히 다루지는 않으렷다. 내용은 국서에 밝혔지만 곧 햄릿을 죽여 없애라. 영국 왕이여, 반드시 실행하라! 열병을 앓는 것처럼 그놈이 내 핏줄 속에서 발악하고 있으니 그대가 나의 병을 고쳐주어야 한다. 그 일이 끝나기 전에는 아무리 좋은 일도 내게 기쁨을 주지 못하리라. (왕도 퇴장한다.)

4장

덴마크의 어느 항구

Scena Quarta

노르웨이의 왕자 포틴브라스가 군대를 이끌고 진군하고 있다.

포틴브라스 부대장, 가서 덴마크 왕께 문안 여쭈어라. 그리고 포틴
브라스가 폐하와의 약속대로 허가해 준 영토를 지나가기를
바란다고 전해라. 우리가 만날 지점은 알고 있지? 만약에 왕
께서 허락하신다면 어전에 가서 경의를 표하겠다고 말씀드
려라.

부대장 분부대로 하겠습니다, 왕자님. (부대장 일행은 작별하고 나간다.)

포틴브라스 (휘하 군대에게) 자, 조용히 전진.

(포틴브라스 부대를 거느리고 퇴장.)

부대장은 성으로 가는 도중에 항구로 향하는 햄릿과 로젠크랜츠, 그리고 길든스턴과 호위병들을 만난다.

햄릿 여보시오, 어디 군대요?

부대장 노르웨이군입니다.

햄릿 무슨 목적으로 가는 겁니까?

부대장 폴란드의 어느 지역을 공략하기 위해서입니다.

햄릿 지휘관은 누구십니까?

부대장 노르웨이 왕의 조카 포틴브라스 전하십니다.

햄릿 폴란드 중심부로 진격하십니까, 아니면 국경의 일부입니까?

부대장 사실대로 솔직히 말씀드리면, 명분 말고는 아무 이득도 없는 손바닥만 한 지역을 점령하러 가는 길입니다. 5더컷의 소작료만 내는 땅입니다. 단돈 5더컷 말입니다. 나 같으면 그런 땅은 붙여먹지 않겠습니다. 노르웨이 왕이나 폴란드 왕이나 그걸 사유지로 팔아도 그 이상 이득은 얻지 못할 것입니다.

햄릿 그럼 폴란드인들은 그까짓 땅은 수비도 안 하겠군요.

부대장 웬걸요. 이미 수비대가 배치되어 있습니다.

햄릿 (방백) 수천 명의 생명과 수만 더컷의 돈을 희생하더라도 이 지푸라기 같은 하찮은 문제는 해결되지 않을 것이다. 나라가 부패해지고 안일에 빠지면 이런 내종이 생기게 마련이지. 속

으로 곪아 터지면 겉으로는 아무 증세도 나타나지 않은 채
생명을 잃고 만다!
아, 고맙소.

부대장 안녕히 가십시오.   (부대장이 퇴장한다.)

로젠크랜츠 그럼 가시지요, 왕자님.

햄릿 곧 따라갈 테니 먼저들 가게.   (햄릿만 남고 모두 퇴장.)

아, 이런 모든 일들이 나를 꾸짖고 둔해진 나의 복수심을 채
찍질하는구나! 인간이란 대체 무엇인가! 인간의 주된 행위
와 한평생의 삶이 단지 먹고 자는 것뿐이라면? 그렇다면 짐
승과 조금도 다를 바 없지 않은가. 신이 우리들 인간에게 이
렇듯 위대한 사고력을 주고 앞뒤를 살필 수 있도록 한 것은,
신과 같은 능력과 이성을 쓰지 않고 곰팡이가 피도록 내버려
두라는 것은 아니었다. 그렇다면 짐승처럼 잘 잊어버리기 때
문인가. 아니면 일의 결과를 너무 세밀하게 따지는 소심한
망설임 탓인가. 사고를 넷으로 나눈다면 그 하나만이 지혜이
고 나머지 셋은 언제나 비겁함이기 때문인가. 나는 왜 "이 일
은 꼭 해야 할 일이다."라고 되뇌기만 하고 있는가? 그 일을
실행할 명분과 의지와 실력과 수단을 가지고 있으면서…….
대지와 같은 큰 사례도 나에게 훈계하고 있지 않은가.
저 군대를 보라. 수많은 인원, 막대한 비용, 더욱이 그 인솔

자는 가냘픈 젊은 왕자! 그러나 그의 정신은 고매한 공명심으로 가득 차 있고, 미지의 앞날을 코웃음 치면서 달걀 껍데기 같은 하찮은 일에 덧없는 목숨을 무릅쓰고 있지 않은가. 진정으로 위대한 행위에는 물론 그만큼 훌륭한 명분이 뒤따라야 하지만, 남자의 명예에 관계될 때는 지푸라기만 한 문제라도 당당히 싸워야 한다.

그런데 나는 이 무슨 꼴인가? 아버지는 살해되고 어머니는 더럽혀진 마당에 이만하면 이성과 피가 분기할 만도 한데 오히려 잠재우고 있으니 창피한 노릇이다. 저것을 보라. 이만 군졸이 코앞에 닥친 죽음을 향해 가고 있지 않은가. 환상과 같은 허망한 명예를 찾아 마치 잠자리에라도 들듯 무덤을 찾아가고 있지 않은가. 양쪽 대군이 자웅을 가릴 수도 없는 조그만 땅, 전사자를 묻을 무덤으로 쓰기에도 모자라는 그 조그만 땅을 위하여!

아, 이제부터 내 마음은 피비린내 나는 일만 생각하리라. 그 밖에는 아무런 가치도 없으리니!　　　　　　(햄릿이 퇴장한다.)

5장

궁정 안의 한 방
Scena Quinta

왕비와 시녀들, 그리고 호레이쇼와 시종 한 사람 등장.

왕비 나는 그 애를 만나지 않겠어요.

시종 꼭 뵙겠다고 졸라댑니다. 아주 실성했는지 그 모습이 여간 측
 은하지 않습니다.

왕비 어떻게 해달라는 거죠?

시종 자꾸 자기 아버지 이야기를 하고 있습니다. 세상에는 별별 괴
 상한 일이 다 많다면서 헛기침을 했다가 가슴을 쳤다가 하찮
 은 일에도 화를 냈다가, 무슨 소린지 잘 알아들을 수도 없는
 말을 중얼거리고는 합니다. 물론 아무것도 아닌 말들이지만

는 사람의 마음을 움직입니다. 사람들은 저마다 그럴듯하게 꿰어 맞춰 마음대로 해석합니다. 그래서 그녀의 눈빛이나 몸짓으로 미루어 보아 확실하지는 않지만 큰 불행이 있었다는 걸 짐작하게 됩니다.

호레이쇼 만나서 몇 말씀 해주시는 것이 좋을 것 같습니다. 저러다가 속이 시커먼 인간들의 마음속에 위험한 억측의 씨를 뿌리게 될지 모릅니다.

왕비 그 애를 불러들여요.　　　　　　　　　(시종이 퇴장한다.)

(방백) 죄악의 본성이 원래 그런 것이지만, 병든 내 영혼에는 사소한 일 하나하나가 큰 재앙의 서곡처럼 여겨지는구나. 죄지은 마음은 어리석은 두려움에 가득 차서 감추려고 애를 쓰면 쓸수록 도리어 더 드러나게 되나 보다.

시종이 오필리아를 데리고 등장한다.

오필리아는 정신이 나간 듯한 모습이다.

풀어헤친 머리가 어깨까지 내려오고, 손에는 류트를 들고 있다.

오필리아 덴마크의 아름다운 왕비님은 어디 계시죠?

왕비 아니, 오필리아?

오필리아　　　　　　　　　　　　　　　　(노래를 부른다.)

우리 님과 남의 님을

어떻게 알아볼까.

지팡이와 미투리에 모자를 쓴

순례자가 바로 우리 님.

왕비 애야, 그 노래가 무슨 뜻이냐?

오필리아 뭐라고요? 좀 더 들어보세요.　　　　　　(노래한다.)

님은 갔어요, 아주머니.

죽어서 이승을 떠났어요.

머리맡엔 초록빛 잔디 풀.

발치에는 묘석이 하나.

왕비 아니, 애. 오필리아…….

오필리아 제발 좀 더 들어보세요.　　　　　　(노래한다.)

수의는 산꼭대기 눈과 같이 희고……,

　　　왕이 들어온다.

왕비 애를 좀 보세요.

오필리아　　　　　　　　　　　　　　　　(노래한다.)

향기로운 꽃들에 파묻혀

영원한 길 떠나가는데

사랑의 눈물은 비 오듯 하네.

왕 괜찮으냐, 오필리아?

오필리아 고맙습니다. 사람들이 그러는데 올빼미는 본래 빵집 딸
이었대요. 우리가 오늘은 이러고 있지만 내일은 어떻게 될지
아무도 몰라요. 하나님이 식탁에 함께 하시길!

왕 아버지를 생각하고 있구나.

오필리아 제발 그 얘긴 그만두세요. 하지만 사람들이 뜻을 묻거든
이렇게 대답하세요. (노래한다.)

내일은 성 발렌타인의 날.

아침 일찍 동이 트면

이 처녀는 당신의 창 밑에 가서

사랑을 기다리고 있을게요.

총각은 일어나 옷을 입고

얼른 방문을 열어 주었네.

처녀는 방으로 들어갔는데

나올 때는 처녀가 아니었다네.

왕 아니, 오필리아!

오필리아 아이 참, 잡담은 그만하고 노래를 끝내야겠어요. (노래한다.)

아아, 이 일을 어찌한다지?

너무나 부끄러운 나의 신세!

아무리 남자의 습성이지만

그것은 너무도 얄미운 처사.

침대에 눕힐 때는

백년해로를 약속하더니,

이제 와서 핑계가

네가 먼저 찾아오지 않았던들

정말로 그럴 생각이 아니었다네.

왕　언제부터 저 모양이지?

오필리아　모든 일이 다 잘될 거예요. 우리는 참아야 해요. 하지만 그분이 차디찬 땅속에 묻힐 것을 생각하니 울지 않을 수가 없어요. 오빠도 그걸 알게 될 거예요. 좋은 충고 말씀 고맙습니다. 자, 마차야, 가자! 안녕히 주무세요, 아주머니들. 안녕히 주무세요, 아름다운 아주머니들. 안녕히 주무세요, 안녕히 주무세요.　　　　　　　　　　(오필리아 퇴장.)

왕　따라가 보아라. 잘 살펴 다오.

　　　　　　　(호레이쇼와 시종, 오필리아를 따라 퇴장한다.)

이 모두가 슬픔이 빚어낸 병이오. 부친의 갑작스런 죽음 때문이오. 보시오! 오, 거트루드. 슬픔은 홀로 오지 않는다더니 그 애 부친이 살해되고 다음에는 햄릿이 떠났소. 하기야 불행의 장본인이니 추방도 당연한 것이지만…….

백성들은 폴로니어스의 죽음에 대해서 억측이 구구하고 유언에 대해 소문이 분분하여 진흙탕처럼 어지럽소. 나도 경솔한 짓을 했소. 쉬쉬해 가며 시체를 허겁지겁 묻어 버렸으니…….

그래서 가엾은 오필리아는 판단력을 잃고 실성한 것 같소. 이제 그 애는 인간이란 명목뿐, 단순한 짐승에 지나지 않소. 그런데 이런 것들보다 중요한 일은, 오필리아의 오라비가 무슨 의혹 때문인지 프랑스에서 돌아와서도 도무지 모습을 나타내지 않는 일이오. 그의 귀에 부친의 죽음에 대한 해괴한 소문을 속살거리는 무리들이 어찌 없겠소. 그렇게 되면 진상이 애매하니만큼 나에 대한 비난이 그의 귀에서 거침없이 번져갈 것이오. 아, 거트루드. 이 비난이 죽음의 화살처럼 나의 온몸에 박혀 나는 결국 목숨을 잃게 될 것이오.

(이때 밖에서 요란스런 소리가 들려온다.)

왕비 저 소리가 뭐죠?

왕 (큰 소리로) 여봐라!　　　　　　　　(시종 한 사람 등장한다.)

호위병들은 어디 갔느냐! 문을 지키라고 해라. 대체 무슨 일이냐?

시종 폐하, 어서 피신하십시오! 바닷물이 암벽을 넘어와 무서운 기세로 흘러들 듯 레어티스가 폭도들을 거느리고 들이닥쳐

호위병들을 위협하고 있습니다. 폭도들은 그놈을 왕이라고 부르면서, 마치 이 세상이 새로 시작이나 된 것처럼 모든 질서의 기준인 역사나 관습도 아랑곳없이 입을 모아 소리치고 있습니다. "우리는 레어티스만을! 레어티스를 왕으로 모시자!" 하고 말입니다. 그리고 모자를 공중에 내던지고 손뼉을 치며 "레어티스를 왕으로! 레어티스가 왕이다!" 하고 하늘이 무너져라 외치고 있습니다.　　(밖에서는 함성이 점점 더 높아진다.)

왕비 제 딴에는 의기양양하게 짖어대지만 냄새를 잘못 맡았어! 방향을 잘못 짚었단 말이다. 이 배은망덕한 덴마크의 개들아!

왕 문이 부서지는구나!

레어티스가 무장을 하고 들어온다. 그 뒤로 군중들이 따라 들어온다.

레어티스 왕은 어디 있나? 여러분들은 밖에서 기다리시오.

군중 아닙니다. 우리들도 들어가겠습니다.

레어티스 제발, 이 일은 내게 맡겨 주시오.

군중 그러지요. 기다리겠습니다.　　(군중들은 모두 문 밖으로 물러간다.)

레어티스 고맙소. 문을 지키게. 이 흉악한 덴마크 왕아, 우리 아버지를 내놔라!

왕비 진정해라, 레어티스.

레어티스 진정할 수 있는 피가 내 몸에 한 방울이라도 남아 있다면 나는 우리 아버지의 자식이 아니고, 우리 아버지는 간부의 남편이며 우리 어머니의 정숙한 이마에는 창녀의 낙인이 찍히게 될 것이다. (레어티스가 왕 앞으로 다가간다. 왕비가 그를 가로막는다.)

왕 레어티스, 무슨 이유로 이렇게 엄청난 반역을 도모하느냐? 놔두시오, 거트루드. 나에 대해서는 염려 마시오. 국왕의 몸은 신의 가호가 있으니 역신이 나쁜 뜻을 품고 기웃거릴 수는 있어도 그 뜻을 이루지는 못하는 법이오. 말해라, 레어티스. 왜 이렇게 분개하느냐?

레어티스 우리 아버지는 어디 있나?

왕 죽었다.

왕비 하지만 폐하가 하신 일이 아니다.

왕 뭐든 물어보게 하시오.

레어티스 어떻게 죽었나? 나를 속이지 마라. 충성 따위는 지옥으로나 가라! 군신의 맹세도 흉악한 악마에게 주겠다! 양심도, 신앙도, 모두 지옥의 구렁텅이 속에 떨어져라! 나는 저주 받아도 좋다. 똑똑히 말해 두지만 현세고 내세고 내 알 바 아니다. 될 대로 되란 말이다. 그러나 내 아버지의 원수만은 기어코 갚고 말겠다.

167

왕 누가 막겠다고 하더냐?

레어티스 천하가 다 덤벼도 못 막는다, 내가 끝내기 전에는. 비록 내 힘이 모자라도 온갖 수단 방법을 다 써서 기어이 해내고 말 테다.

왕 레어티스, 네 아버지의 죽음에 대해 확실한 것을 알고 싶을 텐데…….

네 복수라는 것은 친구와 원수를 가리지 않고 닥치는 대로 해치우겠다는 것이냐?

레어티스 상대는 아버지의 원수뿐이다.

왕 그럼 원수를 알고 싶으냐?

레어티스 아버지의 원수를 알려주는 친구라면 두 팔을 벌려 맞이하겠다. 제 피로 새끼를 기른다는 펠리컨처럼 내 피를 가지고 대접한다.

왕 이제야 너도 기특한 자식답고 훌륭한 신사처럼 말을 하는구나. 네 아버지의 죽음에 대해서 나는 아무런 죄가 없을 뿐 아니라 누구보다 깊이 슬퍼하고 있다. 이는 밝은 햇빛이 네 눈에 스며들듯 확실한 일이다.

군중 (밖에서) 그 애를 들여보내라!

레어티스 뭐야, 저게 무슨 소리냐?

(오필리아가 손에 꽃을 들고 다시 등장한다.)

아, 이 몸의 열기야, 나의 뇌수를 태워버려라! 눈물아, 일곱 배로 짜게 되어 내 눈을 바짝 말려버려라! 하늘에 맹세한다. 너를 미치게 만든 아버지의 원수는 한쪽 저울대가 기울도록 넉넉히 갚아주마. 아, 5월의 장미, 귀여운 처녀, 다정한 누이, 오필리아! 이럴 수가! 젊은 처녀의 이성이 이렇게 노인의 목숨처럼 시들 수도 있는가? 부모를 사랑하는 자식의 정은 사랑하는 이를 위해 자기의 가장 소중한 것을 내버리게 마련인가.

오필리아   (노래한다.)

얼굴도 덮지 않고 관에 얹어 갔지.

헤이 논 노니, 노니, 헤이 노니.

무덤에서 눈물이 억수로 쏟아지네.

나의 소중한 분, 안녕!

레어티스 네가 제정신을 가지고 간절하게 복수를 원한다 해도 이렇게 내 마음을 흔들지는 못했을 거다.

오필리아   (노래한다.)

어 다운 어 다운, 하고 노래를 부르셔야 해요.

그분은 지하에 파묻혔으니

어 다우너, 라고 부르세요.

오, 물레바퀴에 장단이 잘도 맞네!

주인 딸을 훔친 것은 못된 부하였대요.

레어티스 그 뜻 없는 말들이 내게는 더 뼈저리게 느껴지는구나.

오필리아 (레어티스에게) 로즈메리는 여기 있어요. 이건 잊지 말라는
표시예요.   (노래한다.)

제발, 잊지 마세요~.

그리고 이 팬지는 생각해 달라는 꽃이구요.

레어티스 미쳐서도 충고로구나. 잊지 말고 생각해 달라고? 옳은 말
이다.

오필리아 (왕에게) 왕께는 이 회향 풀과 매발톱 꽃을 드리겠어요. 왕
비님께는 운향을 드릴게요. 저도 좀 갖구요. 이것은 안식일
의 은혜라는 풀이랍니다. 아, 왕비님이 꽃을 달 때는 좀 다른
뜻으로 달아야 해요. 데이지도 있어요. 제비꽃을 좀 드리고
싶지만 그 꽃은 모두 시들어 버렸어요. 우리 아버지가 돌아
가시던 날에요. 우리 아버지는 훌륭하게 돌아가셨대요. (노래
한다.)

귀여운 로빈새만이 나의 기쁨~

레어티스 수심과 번민과 고뇌와 지옥의 고통까지도 너의 마음속에
서는 즐겁고 아름다운 것이 되어버리는구나.

오필리아   (노래한다.)

다시 오지는 않으시려나?

다시 오지는 않으시려나?

아니, 아니, 돌아가셨으니

결코 다시 오진 않는다네.

수염은 백설 같고

머리는 삼 같은 분,

이제 영영 가셨으니

한탄한들 다시 오리.

하나님, 불쌍히 여기소서!

여러분의 영혼에도 축복이 내리길 하느님께 빌겠어요. 안녕
히 계세요.   (오필리아 퇴장.)

레어티스 저 꼴 봤지요! 오, 하나님!

왕 레어티스, 너의 슬픔을 나도 함께 나누고 싶다. 거절할 까닭
은 없을 게다. 그럼 가서 네 친구 가운데 누구라도 좋으니 가
장 똑똑한 사람을 데려와 이 일을 말해 주고 판단을 시켜보
자. 만약 이번 사건에 직접 혹은 간접적으로 내 혐의가 드러
난다면 나의 왕국도, 왕관도, 그 밖에 나의 모든 소유물을 네
게 넘겨주겠다. 그런데 그렇지 않다면 나의 말을 들어야 한
다. 그러면 나와 힘을 합쳐 너의 원한이 풀리도록 힘써 주마.

레어티스 좋소, 그렇게 합시다. 아버지의 그와 같은 죽음, 은밀한
장례식, 유해를 장식한 투구나 칼, 문장도 없었을 뿐더러 예

를 갖춘 엄숙한 장례식도 없었다니 억울한 혼령의 원성이 천

지에 진동한다. 나는 기어이 진상을 밝히고 말 테다.

왕   그래야지. 죄 있는 곳에 응징의 철퇴를 내리쳐라! 자, 안으로

들어가자.   (두 사람 퇴장.)

6장

궁정 안의 같은 장소

Scena Sexta

호레이쇼와 시종 한 사람 등장.

호레이쇼 나를 만나고 싶다는 사람들이 누구요?

시종 선원입니다. 편지를 가지고 왔답니다.

호레이쇼 들여보내시오.　　　　　　　　　　　　　　(시종 퇴장.)

　　(방백) 외국에서 편지를 보내올 사람이 없는데, 햄릿 왕자님
　　말고는.

　　　　시종이 선원들 몇 명을 안내해 들어온다.

선원 안녕하십니까요?

호레이쇼 예, 안녕하시오.

선원 댁이 호레이쇼이십니까? 여기 편지를 가지고 왔습니다. 이 편지는 영국으로 가는 사절께서 보내신 것입니다.

호레이쇼 (편지를 받아서 읽는다.) '호레이쇼, 이 편지를 받아 보거든 왕께 보내는 편지를 가지고 가는 이 사람들을 국왕과 만날 수 있도록 해 주게. 우리는 출항한 지 이틀도 채 못 되어 어마어마하게 무장한 해적단의 추격을 받았네. 우리 배가 속력이 느린 바람에 결국 맞닥뜨려 어쩔 수 없이 용기를 다하여 싸웠다네. 배가 부딪혔을 때 나는 싸우기 위해 해적선으로 건너갔는데 그 순간 해적선이 우리 배에서 떨어져 결국 나 혼자만 포로가 되고 말았네. 그들은 의적들처럼 나를 대우해 주었는데 실은 나를 이용하여 나중에 덕을 보자는 속셈이었지.

따로 봉한 편지는 꼭 국왕의 손에 들어가게 해주게. 그리고 자네는 죽음에서 도망치듯 급히 나에게로 오게. 자네에게 할 말이 많은데 내 이야기를 들으면 자네는 놀라서 말문이 막힐 걸세. 이 사람들이 나 있는 곳으로 안내해줄 걸세. 로젠크랜츠와 길든스턴은 계속 영국으로 가고 있는데 이 두 사람에 관해서도 할 이야기가 많다네. 잘 있게. 참된 마음의 친구 햄릿.'

(선원들에게) 자, 가져온 편지를 국왕께 전하도록 안내해 드릴

테니 이리들 오시오. 그리고 이 편지를 되도록 빨리 전달하
고 나에게 편지를 보낸 사람에게로 나를 데려다 주시오.

(모두 퇴장한다.)

7장

이전과 같은 장소

Scena Septima

왕과 레어티스가 돌아온다.

왕   이제는 내가 아무런 죄도 없다는 것을 네가 진심으로 믿고
나를 너의 둘도 없는 친구로 알아야 한다. 이제 잘 알았을 것
이지만 귀중한 네 아버지를 살해한 자는 내 생명까지도 노리
고 있다.

레어티스   그런 것 같습니다. 그런데 왜 즉시 처벌하시지 않으셨습
니까? 응당 처벌하셔야 할 만한 큰 죄가 아닙니까? 폐하의
안전으로 보나 그 밖의 모든 점으로 보나 엄중히 처벌하셔야
마땅한 줄 압니다.

왕   두 가지의 특별한 이유가 있다. 너에게는 하찮게 보일지도
모르나 나에게는 아주 중요한 사유가 된다. 그 녀석의 어머
니인 왕비는 그 녀석의 얼굴 보는 것을 낙으로 살아가고 있
다. 나로 말하면, 이게 내 장점인지 화근인지 모르겠지만, 어
쨌거나 왕비는 내 목숨과 영혼에 굳게 맺어져 있어, 별이 궤
도를 떠나 움직이지 못하듯이 나도 왕비 없이는 살 수가 없
구나. 내가 그를 공공연히 재판하여 처벌하지 못한 또 하나
의 이유는 백성들이 그를 지극히 사랑하고 있기 때문이다.
사람들은 그 녀석의 허물을 마치 나무를 돌로 변하게 하는
화석 천처럼 애정으로 감싸고, 그놈에게 쇠고랑을 채우면 장
신구라며 칭찬하는 형편이다. 그러니 내가 쏜 화살은 그 거
센 바람에 부딪쳐 겨냥한 곳으로 날아가기는커녕 내게로 되
돌아오고 말았을 게다.

레어티스   그 때문에 나는 소중한 아버지를 잃고 누이는 절망적인
상태에 빠지고 말았습니다. 이제는 아무 소용없는 칭찬이지
만 누이는 사람됨이 나무랄 데가 없고 세상의 본보기로 자
랑할 만한 아이였습니다. 내 기어이 이 원수를 갚고야 말 겁
니다.

왕   안심하고 잠이나 편히 자거라. 위험한 놈이 내 수염을 잡아
당기는데도 재미있어 할 만큼 나를 둔한 바보라고 생각해서

는 안 된다. 차차 더 자세히 이야기하마. 나는 네 아버지를
나 자신만큼 사랑했다. 이쯤 말하면 너도 짐작이 갈 테지.

(이때 사자가 두 통의 편지를 들고 등장한다.)

무슨 소식이냐?

사자 햄릿왕자에게서 편지가 왔습니다. 이것은 왕께, 이것은 왕비
님께 온 것입니다.

왕 햄릿한테서? 누가 가지고 왔느냐?

사자 선원들이라고 합니다. 저는 직접 만나지 않았습니다. 이 편지
는 클로디오가 저에게 전해준 것입니다.

왕 너는 물러가거라.　　　　　　　(사자가 퇴장하고 편지를 읽는다.)

레어티스, 너도 들어 보아라.

'더할 수 없이 높고 크신 왕께 아룁니다. 저는 알몸으로 폐하
의 영토에 다시 상륙했습니다. 내일 알현의 영광을 얻고자
하오며 허락해 주시면 이렇듯 갑자기 기이하게 귀국하게 된
연유를 그때 상세히 말씀드리겠습니다. 햄릿 올림'

이게 무슨 영문이냐? 다른 일행도 다 돌아왔을까. 혹시 날조
된 편지인가?

레어티스 글씨를 알아보시겠습니까?

왕 햄릿의 글씨다. '알몸으로' 또 여기 추신에다 '혼자서'라고
했구나. 무슨 까닭인지 짐작이 가느냐?

레어티스 통 모르겠습니다, 폐하. 그렇지만 오라고 하라죠! 이제 무거운 가슴속이 후련해집니다. 그놈에게 맞대놓고 "이놈, 너도 맛 좀 봐라!" 하고 쏘아 줄 수 있게 됐으니까요.

왕 이것이 사실이라면 그 녀석은 어떻게 돌아왔을까? 레어티스. 너는 내가 시키는 대로 하겠느냐?

레어티스 예, 폐하. 가만히 있으라는 무리한 말씀만 아니시라면.

왕 네 마음을 편하게 해주려는 거다. 이렇게 항해 도중에 돌아왔다가 만약 다시 떠날 생각이 없다면 내가 전부터 생각해 온 계략을 그놈에게 써야겠다. 이 계략에 걸리면 그놈도 쓰러질 수밖에 없을 게다. 더욱이 이 계략이라면 그놈이 죽더라도 비난의 바람은 나에게 조금도 불지 않을 것이며 심지어 그 어미까지도 진상을 꿰뚫어보지 못하고 그저 우연한 사고라고 할 게다.

레어티스 폐하, 분부대로 하겠습니다. 저를 그 계략의 수단으로 이용해 주신다면 더욱 기쁘겠습니다.

왕 일이 제대로 되는구나. 실은 네가 외국으로 떠난 뒤 너의 뛰어난 재주에 대해서 칭찬이 자자했다. 칭찬은 햄릿 귀에도 들어갔지. 내가 보기에는 네 재주 가운데서도 가장 시시한 것이었지만 햄릿은 다른 재주보다도 특히 그 재주를 시기하는 모양이더라.

레어티스 무슨 재주 말씀이십니까, 폐하?

왕 모자를 장식하는 띠 같은 것에 지나지 않지만 역시 없어서는 안 될 재주이지. 말하자면 청년들에게는 화려하고 멋진 옷이 어울리고 침착한 노인들한테는 수달피 외투가 건강에나 관록에 어울리지 않느냐. 실은 두 달 전에 노르망디에서 어떤 기사가 이곳에 왔었다. 나도 프랑스인들을 만나도 보고 또 그들과 겨뤄도 봤는데 그들의 씩씩한 기마술의 신기는 대단하더라. 어찌나 신기한 재주를 부리는지 몸이 말의 안장에서 돋아났다고나 할까, 사람이 말과 일체가 된 것 같았다. 상상도 못할 묘기를 눈으로 직접 보기 전에는 도저히 믿을 수가 없을 것이다.

레어티스 노르망디 사람이었습니까?

왕 음, 노르망디 사람이다.

레어티스 라모드가 틀림없습니다.

왕 바로 그렇다.

레어티스 그 사람은 저도 압니다. 그 사람은 정말 프랑스의 꽃이고 보석입니다.

왕 그 사람이 네 재주를 인정하여 극구 칭찬하기를, 검술에 있어서 특히 세검에 으뜸이라며 네 맞상대가 있다면 참으로 볼 만한 시합이 될 것이라고 공언하더라. 프랑스 검객들도 너와 대결하면 동작이나 방어나 눈초리가 무엇 하나 제대로 되지 않는다고 그러면서 말이다. 이 같은 칭찬을 듣고 햄릿은 어찌나 심하게 샘을 내는지, 네가 귀국하면 한번 맞서 보고 싶다며 오직 그것만 바라고 있었단다. 그래서……,

레어티스 그래서 무엇입니까, 폐하?

왕 레어티스, 너는 아버지를 진정으로 사랑했느냐, 아니면 애통은 겉치레뿐이고 마음은 그렇지 않은 것이냐?

레어티스 왜 그런 말씀을?

왕 네가 선친을 사랑하지 않았다는 것이 아니라, 애정에는 시작하는 시기가 있는 것이고 또 나의 경험으로 미루어 시기가 애정의 불꽃을 세게도 하고 약하게도 한다고 믿기 때문에 하는 말이다. 사랑의 불꽃 속에는 일종의 심지나 차가운 찌꺼기 같은 것이 있어서 이것이 불길을 세게 혹은 약하게도 만들지.

세상사란 한결같이 좋게만 지속되지는 않느니라. 좋은 일도 도가 지나치면 도리어 스스로 사라지는 법. 그러니 한번 하겠다고 마음먹은 일은 바로 실행해야 한단다. 이 '하겠다.'는 마음 자체가 변하기도 하고 세상 사람들의 많은 입방아와 방해에 부딪쳐 약해지고 미뤄지게 마련이거든. 그렇게 '해야 한다.'는 생각도 쓸데없이 탄식만 하면서 미루게 되면 마

음은 편할지 모르나 결국 몸에는 해로운 게야. 골자만 말한
다면 햄릿이 돌아온다고 하니, 너는 어떻게 할 참이냐? 네가
그의 자식이라는 것을 말로만이 아니라 행동으로 보여주기
위해서 말이다.

레어티스 교회 안에서라도 그놈의 목을 자르겠습니다.

왕 아무리 신성한 장소라도 살인죄가 없어질 수는 없지. 복수는
장소의 제한을 받지 않는다. 하지만 레어티스, 이렇게 하지
않겠느냐? 일단 너는 방 안에 틀어박혀 있어라. 햄릿이 돌아
오면 너의 귀국을 알리고 네 재주를 칭찬하는 소문을 내는데
그 프랑스인의 찬사보다 한술 더 떠 네 명성에 더욱 빛이 나
게 하는 거다. 그래서 내기를 제의하여 시합으로 승부를 가
리도록 하자.
햄릿은 조심성이 없는 데다 너그러운 성미라 술책이라는 것
을 모르니 시합에 쓸 칼을 잘 살펴보지도 않을 게다. 그러니
슬쩍 농간을 부려 그중 끝이 무디지 않은 칼을 골라 그것으
로 멋지게 한번 찔러 선친의 원수를 갚으란 말이다.

레어티스 그렇게 하겠습니다. 거기다 뜻을 확실하게 이루기 위해
칼끝에 독약을 칠하지요. 실은 어떤 돌팔이 의원한테서 독약
을 샀는데 어찌나 효력이 강한지 그걸 조금 바른 칼끝에 살
짝 스치기만 해도 목숨을 잃게 됩니다. 달밤에 채취한 약초

로 만든 보기 드문 명약으로, 제아무리 효험이 큰 해독제라
도 도리가 없지요. 제 칼끝에 이 독약을 칠해 놓겠습니다. 그
것으로 피부를 슬쩍 긋기가 무섭게 그놈은 이 세상을 하직할
것입니다.

왕 이것도 생각해 보자. 언제 어떻게 하는 것이 우리 계획에 가
장 알맞겠는가 하는 것을 숙고해 보자는 말이다. 실패하여
계략이 탄로 날것을 대비하여 제2의 수단을 마련해 놓아야
한다. 가만 있자, 두 사람의 기량에 대해서는 공정하게 내기
를 한다고 치고, 옳지! 시합에 열을 올리다 보면 땀이 나고
목도 마를 테지. 또 그렇게 되도록 가능한 한 맹렬하게 시합
을 해야만 한다. 그래야 그놈이 마실 것을 청할 테고 그때 내
가 미리 준비한 독이 든 술잔을 내주는 게야. 그놈이 요행히
독 묻은 칼끝을 벗어나더라도 그 한 모금만으로 우리의 목적
은 이루어지는 것이다. 그런데 가만, 저게 무슨 소리냐?

그때 왕비가 울면서 들어온다.

왕비 재앙이 꼬리를 물고 일어나는군요. 네 누이가 물에 빠져 죽었
다는구나, 레어티스.

레어티스 물에 빠지다니!

왕 오, 어디서요?

왕비 거울 같은 수면에 하얀 잎사귀를 비치면서 시냇가에 비스듬
히 서 있는 버드나무가 한 그루 있어요. 그 애는 거기서 미나
리아재비와 쐐기풀과 데이지나 자란으로 화관을 만들었어
요. 무식한 목동들은 자란을 상스러운 이름으로 부르지만 정
숙한 아가씨들은 사인지라고들 부르지요. 아무튼 그 화관을
늘어진 버들가지에 걸려고 나무에 올라갔다가 심술궂은 은
빛 나뭇가지가 부러지는 바람에 화관과 함께 흐르는 시냇물
에 떨어지고 만 거예요. 그래도 옷자락이 활짝 퍼져서 마치
인어처럼 물에 둥실둥실 떠 있었어요. 절박한 불행에도 아랑
곳없이 그 동안 그 애는 옛 찬송가를 토막토막 불렀는데 그
게 오래갈 리 없지요. 물에 젖어 무거워진 옷이 그 가엾은 것
을 물속으로 끌고 들어가 버리고 아름다운 노랫소리도 끊기
고 말았다고 하네요.

레어티스 아, 그래서 죽었습니까?

왕비 물에 빠져 죽었어요, 빠져 죽었어.

레어티스 가엾은 오필리아. 너는 이제 물이 지긋지긋하겠지. 그렇
다면 나는 결코 눈물을 쏟지 않겠다. 하지만 이것도 인간의
정, 자연히 흐르는 눈물이야 어찌할 수 없구나. 세상이야 뭐
라고 욕하든 눈물을 흘리고 나면 여자 같은 나약한 마음도

사라지겠지.

안녕히 계십시오, 폐하. 하고 싶은 말이 불길처럼 타오르려

하지만 이 어리석은 눈물에 젖어 자꾸만 꺼집니다. (레어티스

퇴장.)

왕 우리가 따라가 봅시다, 거트루드. 저 녀석의 분노를 가라앉

히느라고 내 얼마나 진땀을 뺐는데……,

분노가 다시 일어날까 두렵소. 쫓아가 봅시다. (두 사람 퇴장.)

THE TRAGEDIE OF

HAMLET, Prince of Denmarke.

제5막

Actus Quintus.

1장

묘지와 광대

Scena Prima

갓 파 놓은 무덤에 나무가 몇 그루 있고 묘지 입구가 보인다. 두 명의 광대(무덤을 파는 사람)가 삽과 곡괭이를 들고 등장하여 땅을 파기 시작한다.

광대A 제멋대로 죽은 여자를 이렇게 기독교식으로 묻어도 되는 건가?

광대B 안 될게 뭐가 있어. 어서 파기나 하라구. 검시관이 시체를 살펴보고 기독교식으로 묻어도 좋다는 결정을 내렸으니까.

광대A 어떻게 그럴 수가 있나? 자기 몸을 지키려고 어쩔 수 없이 뛰어든 것도 아닌데.

광대B 아무튼 그렇게 결정이 내려졌다구.

광대A 그렇다면 이건 행위이군. 틀림없어. 가령 내가 일부러 빠져 죽었다면 이건 행위라는 것이 되는 거라구. 그런데 행위라는 것은 세 종류로 나뉘지. 말하자면 행동하고, 수행하고, 실천하는 거지. 그러니까 이 여자는 일부러 빠져 죽은 거야.

광대B 하지만 여보게, 내 말 들어 봐.

광대A 가만있어 봐. 여기 물이 있다고 치고 여기 사람이 있다고 치세. 그런데 만약에 이 사람이 물가로 와서 빠져 죽는다면 그건 두말할 것도 없이 자기가 스스로 죽은 거야, 알겠나? 그런데 만약 물이 와서 사람을 빠뜨려 죽인다면 그건 자기가 죽은 게 아니지. 그러니까 자살하지 않은 자는 제 손으로 목숨을 끊은 게 아니란 말이야.

광대B 그게 법률이라는 건가?

광대A 암, 물론이지. 검시관의 검시법이라는 거지.

광대B 솔직히 말해 만약 귀족 아가씨가 아니었다면, 이렇게 기독교식으로 묻히지 못한다구.

광대A 허, 바른 말 한마디 하는군. 하기야 가엾은 얘기지. 이 세상은 같은 기독교 신자라도 귀족들은 물에 빠져 죽거나 목매달아 죽기가 쉽게 되어 있으니 말이야. 자, 삽 이리 주게. 그런데 말이야, 귀족 집안 치고 조상이 정원 손질하고, 도랑 치

고, 산역꾼 일을 하지 않은 사람이 어디 있나? 그네들도 다
아담의 직업을 대물려 받았단 말이야.

(파 놓은 무덤구덩이에 들어가 본다.)

광대B 아담도 귀족이었나?

광대A 암, 그는 이 세상에서 제일 먼저 땅을 가졌던 사람이지.

광대B 아니야, 안 가졌어.

광대A 뭐, 그러고도 신자라고? 성경에서 뭘 읽었나? 성경 말씀에
'아담이 팠노라.' 하지 않았나? 땅 없이 어떻게 파? 하나 더
물어보지. 똑바로 대답하지 못할 때는 참회하라고.

광대B 이거 왜 이래?

광대A 석수나 배 목수나 목수보다 더 튼튼한 걸 만드는 사람이 누
구야?

광대B 그야 교수대 만드는 사람이지. 교수대는 천 명이 빌려 써도
끄떡없거든.

광대A 거 참, 말 잘했다. 교수대가 제격이지. 하지만 무엇에 제격
인가? 나쁜 짓 하는 놈한테 제격이지. 그렇다고 교수대가 교
회보다 튼튼하다고 말하는 건 나쁜 거란 말이야. 그러니까
자네는 교수대감이야. 자, 다시 해봐.

광대B 석수나 배 목수나 목수보다 더 튼튼한 걸 만드는 사람이 누
구냐고?

191

광대A 그래, 대답해봐. 얼른 짐을 벗어버리게.

광대B 옳지, 알았다.

광대A 말해봐.

광대B 제기랄, 잘 모르겠는걸.

광대A 없는 머리 그만 짜내게. 느리고 둔한 말을 아무리 때려봤자 속력이 날 리 없으니까. 나중에 그런 질문을 받거들랑 '무덤 파는 산역꾼'이라고 그래. 산역꾼이 만든 집은 최후의 심판날까지 견디니까. 자, 요한 집에 가서 술이나 한 병 받아 오게.

(광대B가 나간다.)

선원 차림의 햄릿과 호레이쇼 등장.

광대A (노래를 하면서 무덤을 판다.)

젊은 시절에는 사랑을 했네

참으로 달콤한 사랑을 했네

당장 죽어도 여한이 없고

그보다 더 좋은 일은 없는 줄만 알았네.

햄릿 이 친구는 자기가 하고 있는 일이 무엇인지 모르는군. 무덤을 파면서 노래를 부르다니.

호레이쇼 익숙해져서 아무렇지도 않게 된 모양이지요.

햄릿 그런가 보군. 쓰지 않은 손일수록 더 예민한 법이니까.

광대A   (노래한다.)

> 그러나 슬며시 늙음이 찾아와서
> 나를 손아귀에 휘어잡더니
> 차가운 땅속에 밀어 넣었으니
> 사랑을 한 옛날이 꿈만 같구나.

                              (광대는 해골바가지를 한 개를 건져 올린다.)

햄릿 저 해골바가지 속에도 한때는 혀가 있어 노래를 부를 수 있었
겠지. 그런데 저 녀석은 인류 최초로 사람을 죽인 카인이 살
인에 썼던 노새의 턱뼈나 되는 것처럼 해골을 땅에 마구 내
동댕이치지 않는가! 지금은 저 바보 녀석한테 함부로 취급당
하고 있지만 원래는 정치가의 머리였는지도 몰라. 하나님을
골탕 먹이는 모사꾼 말이야, 그렇지 않은가?

호레이쇼 그럴지도 모르죠, 왕자님.

햄릿 혹은 또 어떤 간신의 것인지도 모르지. "밤새 안녕하십니까,
대감! 요새 편안하십니까, 대감?" 하고 지껄여댔을지도 몰
라. 나중에 권세를 얻을 속셈으로 아부하던 아무개 대감의
것인지도 모르지. 그렇잖나?

호레이쇼 예, 왕자님.

햄릿 틀림없어. 지금은 구더기 마님의 신세를 지고 턱뼈는 없어진

채 산역꾼의 삽으로 얻어맞고 있지만 말이야. 이거야말로 덧없는 세상사의 훌륭한 본보기가 아닌가. 우리가 깨달을 수 있는 눈만 가졌다면 말이야. 이 뼈들은 결국 막대던지기의 놀잇감이 되기 위해서 태어났단 말인가? 그렇게 생각하니 내 뼛골이 지끈지끈 아파오는구만.

광대A   (노래한다.)

곡괭이 한 자루에 삽이 한 자루
수의도 한 벌 있어야 하고
이런 손님 모시기에 꼭 알맞은
흙구덩이를 파야겠구나.   (해골바가지를 또 하나 건져 올린다.)

햄릿 또 하나 나왔구나. 저것이 법률가의 해골바가지가 아니었다고 어떻게 말할 수 있는가? 그렇다면 그 능숙했던 궤변과 변설은 지금 어디 갔는가? 그 소송은, 소유권은, 계략은 다 어디로 갔는가? 이 광대 녀석에게 더러운 삽으로 얻어맞고도 왜 가만히 있는가? 왜 폭행죄로 고소하겠다고 말하지 않는가? (해골바가지를 집어 들더니) 흠! 이자는 살아 있을 때 많은 토지를 사들인 놈인지도 모르겠군. 담보 증서니, 소유권 변경 소송이니, 이중 증인이니, 토지 양도 소송이니 갖가지 수단으로 말이지. 그런데 그 소유권 변경 소송과 토지 양도 소송의 결과가 이 훌륭한 머릿속에 흙을 가득 채우는 일이란 말인가? 그 증인들은, 심지어 그 이중 증인들조차도 무엇을 증언하겠다고 하는가? 두 통을 만들어 나눠 가진 매매계약서의 매매밖에 더 증언하겠는가? 그런데 이 바가지에야 어디 (해골바가지를 가볍게 두드리면서) 그 토지 양도 증서만이라도 들어가겠나. 더구나 많은 토지 소유자였던 이 사람에게 해골바가지 하나밖에 남은 것이 없단 말이냐, 응?

호레이쇼 그렇습니다.

햄릿 증서는 양가죽으로 만들지 않는가?

호레이쇼 예, 송아지 가죽으로도 만듭니다.

햄릿 그따위 증서를 믿는 자들은 양이나 송아지와 다름없지. 저 친구와 말 좀 나눠 볼까.

(앞으로 나서며) 그게 누구의 무덤이냐?

광대A 내 것입니다요. (노래한다.)

이런 손님 모시기에 꼭 알맞은
흙구덩이를 하나 파야겠구나.

햄릿 과연 네 것인가 보구나, 네가 그 안에 있는 걸 보니.

광대A 댁은 밖에 계시니까 댁의 것은 아니죠. 나로 말하자면 거짓말은 하지 않으니 이건 내 것이죠.

햄릿 그건 거짓말이다. 그 안에 서서 그걸 네 것이라니. 무덤이란 죽은 사람이 들어가는 곳이지 산 사람이 들어가는 곳이 아니거든. 그러니까 너는 거짓말을 하고 있는 거다.

광대A 이런 걸 산 거짓말이라고 합죠. 이제 댁이 말씀하실 차례입니다요.

햄릿 어떤 남자가 들어갈 무덤을 파고 있느냐?

광대A 남자 무덤이 아닙니다.

햄릿 그럼 어떤 여자의 무덤이냐?

광대A 여자의 무덤도 아닙니다.

햄릿 누구를 묻을 참이냐?

광대A 전에는 여자였습니다만, 지금은 가엾게도 죽었답니다.

햄릿 이거 대단히 까다로운 녀석이군! 조심해서 말해야지 함부로 말했다가는 말꼬리 잡히고 말겠다. 정말이지 호레이쇼, 지난 3년 동안 깨달은 일이네만 세상이 어찌나 뾰족해졌는지 농사꾼의 발가락이 지주 발뒤꿈치의 아픈 곳을 건드리는 형편이거든. 너는 언제부터 산역꾼 노릇을 하고 있느냐?

광대A 내가 이 일을 하기 시작한 날은 바로 선대 햄릿 왕께서 포틴브라스를 무찌르신 날입니다요.

햄릿 그게 언젠데?

광대A 그걸 모르시우? 바보들도 다 아는데. 햄릿 왕자님이 태어난 날이지 뭡니까. 미쳐서 영국으로 쫓겨 간 햄릿 말입니다.

햄릿 참, 왕자는 왜 영국으로 쫓겨 갔나?

광대A 그야 미쳤으니까 그렇죠. 거기 가면 제정신을 찾게 되겠죠.
그렇지만 뭐 회복이 안 되더라도 별 상관이 없구요.

햄릿 왜?

광대A 사람들 눈에 안 띌 테니까요. 그곳 사람들은 모두 왕자님처
럼 미쳤답니다.

햄릿 왕자는 왜 미치게 됐을까?

광대A 소문이 참 괴상하더군요.

햄릿 어떻게 괴상한데?

광대A 그야 정신을 놓았으니 말입니다.

햄릿 원인이 어디에 있는가?

광대A 물론 이 덴마크에 있습죠. 나는 어려서부터 삼십 년 동안이
나 여기서 산역꾼 노릇을 하고 있습니다요.

햄릿 시체는 무덤 속에 얼마나 있으면 썩나?

광대A 글쎄요. 죽기 전부터 썩어빠진 놈만 아니라면……,
요새는 마마로 죽은 놈이 많아서 묻기가 무섭게 썩어버리지
만 보통은 한 8, 9년 가지요. 가죽을 다루는 구두장이는 9년
은 갑니다요.

햄릿 구두장이는 왜 더 오래가나?

광대A 그야 직업 덕분에 살가죽이 질겨져서 꽤 오래 물을 퉁겨 내
거든요. 경칠 놈의 시체를 썩히는 데 물에는 지독한 힘이 있

지요. 또 해골바가지구나. 이건 이십삼 년 동안 흙 속에 묻혀 있었죠.

햄릿 누구 것인데?

광대A 빌어먹을 미친 녀석입니다요. 누군 줄 아시우?

햄릿 모르겠는걸.

광대A 이 미친 녀석, 염병할 녀석 같으니! 언젠가 이 녀석이 내 머리에다 라인 포도주를 병째로 들이붓지 않겠어요? 이 해골바가지는 바로 왕의 어릿광대 요릭의 해골입니다요.

햄릿 이게?

광대A 예, 그렇습니다요.

햄릿 어디 좀 보자. (해골을 받아 든다.) 아, 가엾은 요릭! 나는 이 사람을 잘 안다네, 호레이쇼. 뛰어난 재담꾼이라 재미있는 소리를 정말 잘했지. 나를 자주 업어줬었는데 이렇게 보니 생각만 해도 소름 끼치는군. 구역질이 날 지경이야! 내가 수없이 키스한 입술이 이쪽에 있었겠군. 네 풍자는 이제 어디로 갔나? 좌중을 마냥 웃기던 그 익살, 노래, 신나는 재치 등은 다 어디 갔나? 이렇게 이빨을 드러내고 있는 꼬락서니를 스스로 한번 놀려 볼 수 없나? 정말로 턱이 떨어져 나갔군. 자, 귀부인들에게 가서 말해 줘라. 분을 1인치나 처발라 봐야 결국 이런 얼굴을 면치 못한다고. 그렇게 실컷 웃겨보라구.

호레이쇼. 한 가지 궁금한 게 있네.

호레이쇼 뭐가 말씀입니까, 왕자님?

햄릿 알렉산더 대왕도 흙 속에서는 이런 꼴을 하고 있을까?

호레이쇼 물론이죠.

햄릿 이렇게 냄새가 나고? 에, 퉤!　　　　(해골을 땅에 내려놓는다.)

호레이쇼 그렇습니다, 왕자님.

햄릿 사람이 죽으면 어떤 천한 일에 쓰일지 모르겠구나, 호레이쇼.
알렉산더의 존엄한 유해가 마지막에 술통 마개가 되는 것도
상상 못할 거야 없잖은가?

호레이쇼 그렇게까지 말씀하시는 것은 좀 지나친 상상인 것 같습
니다.

햄릿 아니야, 조금도 그렇지 않아. 아주 온당하게 추리해 봐도 결
국 그렇게 될 수도 있을 것 같아. 이렇게 말일세. 알렉산더는
흙이 된다. 흙으로 찰흙을 만든다. 그러니 결국 죽은 알렉산
더가 변해서 된 찰흙으로 맥주통을 왜 만들 수 없겠는가? 알
렉산더 대왕이 죽어서 흙덩이가 되어 벽 구멍을 때운 바람막
이 될 수도 있으리니, 오, 한 시대를 두려움에 떨게 했던 그
가 지금은 벽을 만들어 찬바람을 막는구나! 쉿, 잠깐, 가만있
게. 저기 왕비와 조신들을 거느리고 왕이 오는군.

드디어 장례 행렬이 묘지에 등장했다. 뚜껑 없는 관에 든 오필리아의 유해 뒤를 레어티스, 왕, 왕비, 중신들, 법의를 입은 사제 등이 따라오고 있었다.

햄릿 누구의 장례식일까. 더구나 의식도 저렇게 간단하게? 아마도 저 유해의 주인은 무모하게 제 손으로 자기 목숨을 끊었나보구나. 하지만 신분은 상당했나보다. 숨어서 살펴보자. (두 사람, 나무 밑에 쭈그리고 앉는다.)

레어티스 의식은 이것이 다입니까?

햄릿 (호레이쇼에게) 레어티스구나. 참으로 훌륭한 청년이지. 잘 지켜보자.

사제 교회가 허락하는 한도까지 정중히 모신 장례식입니다. 사인에 의문스러운 점도 있고 해서 부정한 땅에 묻혀 최후의 심판날까지 방치될 수도 있었습니다. 고별 기도는커녕 사금파리나 부싯돌이나 조약돌을 던져서 덮을 뻔했습니다. 왕의 칙명으로써 관례를 굽혀, 특별히 귀족 자녀의 장례답게 꽃다발로 꾸미고 꽃을 뿌리고 조종을 치는 장례 절차가 허가된 것입니다.

레어티스 이 이상 예를 갖춰서는 안 되는 겁니까?

사제 이 이상은 안 됩니다! 조용히 세상을 떠난 사람과 같이 취급해서 진혼가를 불러 명복을 빌어준다면 신성한 장례의 격식을 모독하는 것이 됩니다.

레어티스 관을 무덤에 내려라. 아름답고 눈처럼 순결한 몸에서 제비꽃을 피어 다오! (관이 무덤 속으로 내려간다.)

이 야박한 사제야, 내 누이는 네놈이 지옥에서 울부짖고 있을 때쯤 천사가 되어 있을 게다.

햄릿 뭐, 그 아름다운 오필리아가?

왕비 (꽃을 뿌리며) 아름다운 처녀에게는 아름다운 꽃을. 잘 가거라! 네가 햄릿의 아내가 되기를 바랐건만……. 그리고 이 꽃으로 네 신방을 꾸며주고 싶었는데 이렇게 네 무덤에 뿌려주게 될 줄이야.

레어티스 오, 세 겹의 재앙이 서른 곱으로 그 저주받을 놈의 머리 위에 쏟아져 내려라. 그놈의 흉악한 행위로 인해 네 순결한 영혼은 미쳐 버렸다! 잠깐, 흙을 끼얹기 전에 한 번 더 안아 봐야겠다. (레어티스가 무덤 속으로 뛰어든다.)

자, 이제 산 사람과 죽은 사람 위에 똑같이 흙을 쌓아 올려라. 이 무덤을 저 옛 펠리온 산이나 하늘을 찌르는 푸른 올림포스 산보다 더 높게 쌓아 올려라.

햄릿 (앞으로 나서며) 이렇게 요란스레 슬픔을 떠들어대는 자가 누구냐? 그 비분강개의 소리에 하늘의 유성조차 운행을 멈추고 고개를 갸웃거리는구나. 나는 덴마크의 왕자, 햄릿이다. (햄릿이 무덤 속으로 뛰어든다.)

레어티스 (햄릿을 움켜잡고) 이놈, 지옥에 떨어질 놈!

햄릿 악담을 하는군. 내 목에서 손을 놔라. 나는 성을 잘 내는 난폭한 인간은 아니지만 급하면 무슨 짓을 할지 모른다. 그러니 조심하는 것이 현명할 게다. 손을 놓아라.

왕 두 사람을 떼어놓아라.

왕비 햄릿, 햄릿!

모두 자, 두 분 다!

호레이쇼 왕자님, 진정하십시오.

중신들이 둘을 떼어놓자, 두 사람은 구덩이에서 나온다.

햄릿 내 이 문제를 가지고 눈을 감을 때까지 싸울 테다.

왕비 햄릿. 무슨 문제를 말이냐?

햄릿 나는 오필리아를 사랑했다. 사만 명의 오라비의 애정을 다 합친대도 내 사랑에는 미치지 못한다. 너 따위가 오필리아에게 뭘 해 준다는 거냐?

왕 아, 레어티스. 그 애는 미쳤다.

왕비 제발 참아 다오.

햄릿 말해 봐라, 뭘 해주려는지. 울 테냐, 싸울 테냐? 굶고 옷을 찢어? 식초를 마실 거냐? 악어를 먹을 테냐? 나도 하겠다. 여긴 통곡하러 왔나? 무덤 속에 뛰어들어서 나를 부끄럽게 만들려고 왔나? 네가 오필리아와 생매장을 당하겠다면 나도 그렇게 하마. 네가 산이 어떻다 수다를 떠는데 우리 위에도 얼마든지 흙을 쌓아 올리게 해라. 태양까지 치솟아 꼭대기가 열기에 타고, 산봉우리가 사마귀만큼 보이게 될 때까지 쌓아 올리게 하라! 네가 호언장담을 한다면 질 내가 아니다!

왕비 저게 다 광증 탓이에요. 발작이 일어나면 잠시 저러다가도, 암비둘기가 한 쌍의 황금빛 새끼를 깠을 때처럼 곧 온순해지고 침묵에 잠기지요.

햄릿 이봐, 내게 뭣 때문에 이러나? 나는 늘 너를 아껴 왔는데. 그렇지만 이제 상관없다. 헤라클레스는 마음대로 실컷 해보라지. 때가 되면 고양이도 울고 개도 짖게 될 테니까.

(햄릿이 퇴장한다.)

왕 호레이쇼, 따라가서 돌봐주어라. (호레이쇼, 햄릿의 뒤를 따라간다. 왕은 레어티스에게) 꾹 참아라. 간밤의 이야기, 잊지 않았겠지? 곧 일에 착수하자. 거트루드, 누구를 시켜 저 애를 좀 감시해 주오. 이 무덤에는 불멸의 기념비를 세워야겠다. 머지않아 평화로운 날이 오겠지. 그때까지 꾹 참고 일을 진행해야 한다.

2장

왕궁의 안에 있는 홀

Scena Secunda

정면에 옥좌가 마련되어 있고 좌우에는 의자와 탁자 등이 놓여
있다. 햄릿과 호레이쇼가 이야기를 나누며 등장한다.

햄릿 그 이야기는 이만 해두고 다음으로 넘어가지. 이때의 사정은
자네도 잘 기억하고 있지?

호레이쇼 기억하고 있습니다, 왕자님.

햄릿 내 가슴속의 격심한 혼란 때문에 나는 밤에도 잠을 이루지 못
했네. 반란을 일으키다 쇠고랑을 찬 선원보다 더 비참했을
거야. 그런데 무모하게도 아니, 이런 경우에는 그 무모를 오
히려 칭찬해야겠지. 때에 따라서는 무분별이 도리어 도움이

되고 심사숙고한 계획이 수포로 돌아가는 수도 있으니까. 그러니 대강 모양을 깎는 것은 인간이지만 결국 다듬어서 완성시키는 것은 신의 힘이야.

호레이쇼 과연 그렇습니다.

햄릿 그래서 살며시 선실을 빠져나가 선원용 외투를 걸치고 어둠 속을 더듬어 찾으려던 목표물을 발견하고는, 슬그머니 그 꾸러미를 빼내어 선실로 돌아왔네. 불안한 나머지 체면이고 뭐고 얼른 그 국서를 뜯어 봤지. 그랬더니 왕의 흉계를 좀 보게 나! 왕의 엄명이라며 덴마크 왕의 옥체가 위험할 뿐 아니라 영국 왕의 생명까지 위태롭다는 등 터무니없는 이유를 잔뜩 늘어놓고, 나를 살려 두는 것은 화약고를 방치하는 것과 같으니 이 친서를 보는 대로 아니, 미처 도끼날을 갈 틈도 없이 내 목을 치라는 것이었네!

호레이쇼 그럴 수가!

햄릿 이것이 그 친서네. 나중에 틈을 내서 읽어 보게. 그래서 내가 어떻게 했는지 아나?

호레이쇼 말씀해 주십시오.

햄릿 꼼짝없이 흉계에 걸려들고 만 셈인데, 개막사도 하기 전에 내 머릿속에서는 벌써 연극을 구상한 거지. 나는 책상에 앉아 깨끗한 글씨로 새로운 친서를 꾸미기 시작했지. 나도 한때는 이 나라 정객들처럼 서예를 경멸하고 습득한 솜씨를 일부러 잊으려고 애쓴 적도 있었지만 이제 와서 그게 퍽 도움이 되었네. 내가 위조한 친서의 내용을 알고 싶은가?

호레이쇼 알고 싶습니다, 왕자님.

햄릿 왕의 간곡한 청탁 서한의 형식으로 했지. 말하자면 영국은 덴마크의 충실한 속국이니만큼, 두 나라 사이의 우정은 종려나무처럼 번영하기를 바라니만큼, 평화의 여신은 항상 밀 이삭 화환을 쓰고 두 나라 친선의 인연이 되어야 하니만큼, 이 밖에도 실컷 그럴싸한 '하니만큼'을 쭉 나열하고 나서, 이 친서를 읽는 대로 1초도 망설이지 말고 친서의 지참자 두 명을 사형에 처하되 참회의 여유도 주지 말라고 썼지.

호레이쇼 봉인은 어떻게 하셨습니까?

햄릿 아, 그것 역시 하늘의 도움이 있었지. 마침 내 주머니에 선왕의 옥새가 들어 있었거든. 지금 왕의 옥새는 이걸 본떠서 새긴 거고. 그래서 편지를 먼젓번 것과 똑같이 접어서 서명을 하고 옥새를 눌러 봉인을 한 다음, 바꿔 친 것을 아무도 모르게 살그머니 본래 장소에다 갖다 두었지. 그리고 다음 날은 해적과 싸웠고 그 뒤의 사정은 자네도 잘 알고 있는 바일세.

호레이쇼 그럼 길든스턴과 로젠크랜츠는 곧장 영국으로 가고 있겠군요.

햄릿 그 둘은 자청해서 이 일을 맡고 나섰네. 나는 조금도 양심의 가책을 느끼지 않아. 스스로 화를 불러들인 격이야. 불꽃 튀는 결사의 승부를 벌이고 있는 두 강자 사이에 그런 소인배들이 끼어드는 것은 위험한 일이야.

호레이쇼 그런데 참 악독한 왕도 다 보겠습니다!

햄릿 이쯤 되었으니 나는 이제 그냥 물러설 수는 없지 않은가. 내 아버지인 선왕을 죽이고, 내 어머니를 더럽히고, 이 나라 왕으로 오를 나의 희망을 가로막은 데다 까닭 없이 내 목숨마저 낚으려고 그런 간책을 썼으니. 이런 놈은 내 손으로 처치해 버리는 것이 양심에 떳떳할 것 아닌가? 이런 인류의 독충이 세상에 해독을 끼치게 방치해 두는 것이 오히려 죄악이 아니겠는가?

호레이쇼 영국 왕은 일이 어떻게 되었는지 전말을 곧 보고해 올 것입니다.

햄릿 곧 올 테지. 그때까지의 시간은 내 것이네. 어차피 인간의 목숨이란 '하나' 하고 세는 동안에 없어지는 거야. 그런데 호레이쇼, 레어티스에게는 참으로 미안하게 되었어. 그만 흥분하여 이성을 잃었었네. 내 경우에 비춰 봐도 그의 비통한 심정을 잘 알 수 있을 것 같아. 사과해야겠네. 너무 애통해 하는 바람에 나도 그만 울화가 치밀어 올랐단 말이야.

호레이쇼 쉿, 누가 옵니다.

몸집이 작고 경박한 멋쟁이 귀족 오즈릭 등장. 그는 두 어깨에
날개가 달린 것 같은 옷을 걸치고 최신 유행하는 모자를 쓰고
있었다.

오즈릭 (모자를 벗고 허리를 깊이 숙여 절을 하면서) 왕자님의 귀국을 충심
으로 환영합니다.

햄릿 고맙네.

(호레이쇼에게 방백) 자네, 이 꾸정모기 같은 인간을 알고 있나?

호레이쇼 모릅니다.

햄릿 (호레이쇼에게 방백) 그거 다행이군. 저런 녀석은 알고 있기만 해
도 재앙을 입지. 저래 봬도 기름지고 광대한 영지를 가지고
있다네. 짐승 같은 놈이 짐승을 많이 부려 귀족이 되더니만
이젠 저 녀석의 여물통이 왕의 식탁에까지 오르는 판이야.
수다밖에는 아무것도 없는 녀석이지만 엄청난 흙을 소유하
고 있는 건 사실이니까.

오즈릭 (또 예를 올린 뒤) 왕자님, 시간이 된다면 폐하의 분부를 전해
올릴까 하옵니다.

햄릿 열심히 정성을 다해서 듣겠네.

(오즈리크가 자꾸 절을 하는 바람에 모자가 연이어 흔들리는 꼴을 보고) 모자는 제자리에 올려놓게나, 그건 머리에 쓰는 물건이니까.

오즈릭 감사합니다. 하도 더워서요.

햄릿 아냐, 사실은 대단히 추운걸. 북풍이 불고 있어.

오즈릭 예, 사실 꽤 춥군요. 왕자님.

햄릿 그런데 역시 매우 무더운 것 같군. 내 체질 때문인지.

오즈릭 굉장합니다, 왕자님. 예, 무덥습니다. 예, 저, 뭐라고 해야 할지 모르겠군요. 그런데 왕자님께 알려드리라는 폐하의 말씀은, 왕자님을 위하여 굉장한 내기를 거셨답니다. 내기의 내용인즉……,

햄릿 (모자를 쓰라고 손짓을 하며) 제발 모자를 쓰게.

오즈릭 아닙니다, 왕자님. 제게는 이게 편합니다. 저, 실은 이번에 레어티스가 귀국했는데 정말 나무랄 데 없는 신사입니다. 여러 가지 뛰어난 기마술을 두루 갖추고, 대인 관계에서도 지극히 친절할 뿐더러 풍채도 당당합니다. 선전 같지만 감히 평한다면 그분이야말로 신사도의 표본이요, 모범이라고나 할까요. 하여튼 신사로서 지니고 싶은 모든 미덕은 그분한테서 찾을 수 있답니다.

햄릿 그렇게 찬사를 늘어놓는다고 레어티스에게 해가 될 건 없지. 그렇지만 재고품 정리하듯 그의 장점을 나열하자면 보통 기

억력으로는 현기증이 나고 말 거야. 어찌나 빨리 달음질치는
지 미처 따라갈 수가 있어야지. 진정으로 그를 칭찬하려면
그를 귀하게 대접해야 할 거네. 그 드물고도 귀한 천품인즉
정말이지 그의 거울만이 비교될 수 있을 뿐 그 밖에 누가 감
히 따를 수 있겠나.

오즈릭 참으로 옳은 말씀이십니다.

햄릿 이야기의 취지가 뭐지? 그런 신사를 왜 우리가 조잡한 말로
욕보이고 있는 건가?

오즈릭 예?

호레이쇼 간단하게 이야기하실 수 없습니까? 자, 말씀하시지요.

햄릿 그 신사의 이름을 왜 꺼냈나?

오즈릭 레어티스 말씀입니까?

호레이쇼 (햄릿에게 방백) 이제 말주머니가 텅 비어 버렸군요. 황금의
미사여구 밑천이 다 떨어진 모양입니다.

햄릿 그래, 레어티스 말이야.

오즈릭 왕자님께서도 결코 모르시지는 않으리라 생각합니다
만…….

햄릿 그렇게 생각해 주는 것은 좋지만, 뭐 그런대도 별로 내 명예
가 될 것도 없지. 그래서?

오즈릭 모르지 않으시리라고 생각합니다만 레어티스가 얼마나 뛰

어나냐면……,

햄릿　내가 어떻게 감히 그걸 안다고 할 수 있겠나? 하기야 남을 잘 안다는 것은 나를 아는 일이지만, 나는 그와 우열을 겨루고 싶지 않네.

오즈릭　제가 말씀드리는 것은 그의 무예 말씀입니다. 그의 하인들 평판으로는 전하무적이랍니다.

햄릿　무기는 무엇을 쓰는데?

오즈릭　가는 장검과 단도입니다.

햄릿　두 가지 칼을 쓰는구나. 그래서?

오즈릭　왕께서는 바바리 말 여섯 필을 내기에 걸었답니다. 그리고 그는 프랑스제 장검과 단도 각각 여섯 자루와 혁대, 검가, 그 밖의 부속품 모두를 내기에 내놓았답니다. 그 가운데서도 검가 세 개는 매우 정교하고 칼자루와도 조화가 잘 되어 있답니다.

햄릿　검가가 뭐지?

호레이쇼　(햄릿에게 방백) 설명 없이는 잘 모르겠습니다.

오즈릭　검가는 칼 고리를 말합니다.

햄릿　허리에 대포라도 차고 다닌다면 그 말이 맞을 것 같군. 그렇게 될 때까지는 역시 칼 고리가 좋겠어. 계속해 보게. 여섯 필의 바바리 말에 대하여 프랑스제의 검 여섯 자루와 모든 부속품, 그리고 정교한 검가 세 개라. 그러니 덴마크 대 프랑스의 내기로구나. 그런데 당신 말대로라면 그는 그런 귀한 물건을 왜 내기에 내놓았을까?

오즈릭 폐하께서는 왕자님과 레어티스의 시합을 시키되 아무리 레어티스라도 왕자님께 3합을 더 이기기는 어려울 것으로 보고 계십니다. 그래서 보통의 9합으로서는 레어티스가 불리할 것이므로 결국 열두 합을 시키기로 결정하셨답니다. 왕자님께서 이 도전에 응하신다면 시합은 곧 시작되겠습니다.

햄릿 내가 싫다고 하면 어떻게 되지?

오즈릭 아니……, 왕자님. 저는 왕자님께서 시합에 나오시는 경우를 말씀드리고 있는 것입니다만.

햄릿 폐하께서 괜찮으시다면 나는 그냥 이 홀을 거닐겠네. 하지만 레어티스도 하고 싶어 하고 폐하께서도 꼭 시합을 바라신다면, 마침 운동 시간이니 칼을 가져오게 하지. 폐하를 위해서라도 되도록 이기고 싶군. 지면 창피를 당하고 따끔한 맛을 보게 될 테니까.

오즈릭 가서 그렇게 말씀드릴까요?

햄릿 대략 그런 취지로, 바란다면 미사여구로 장식을 하시든지…….

오즈릭 (예를 취하면서) 앞으로도 잘 부탁드리겠습니다.

햄릿 잘 부탁하네, 잘 부탁해.

(오즈릭은 한 번 더 깍듯이 예를 올린 뒤 모자를 쓴 다음 으스대며 나간다.)

호레이쇼 저 푸른 도요새 같은 녀석, 알껍데기를 머리에 쓰고 도망 치는 것 같군요.

햄릿 저 녀석은 제 어미젖을 빨아먹을 때도 젖가슴에 먼저 인사한 인간이라네. 아니, 저 녀석뿐 아니라 이 말세에 꺼덕거리는 숱한 녀석들은, 요즘 유행에 맞춰 경박한 사교술에 정신이 없고 거품 같은 미사여구나 잔뜩 배워 세파와 싸워 온 훌륭한 사람들의 이론을 속이거든. 그러니 한번 훅 불어보게나, 거품이라 곧 꺼져버릴 테니까.

시종 한 사람이 햄릿에게 왔다.

시종 왕자님, 조금 전 오즈릭이 전해드린 폐하의 분부에 대해 홀에서 기다리신다는 대답이셨는데, 폐하께서 다시 확인해보라는 분부이십니다. 레어티스와의 시합에 지금도 이의가 없으십니까, 아니면 잠시 미루시겠습니까?

햄릿 내 생각은 변함이 없소. 폐하의 뜻을 따를 뿐이오. 폐하께서 좋으시다면 나는 언제든지 상관없소. 지금도 좋고 나중에 해도 좋소. 내 몸의 상태가 지금처럼 좋기만 하다면.

시종 왕과 왕비님을 비롯하여 모두 지금 나오시고 계십니다.

햄릿 마침 잘됐군.

시종 왕비님께서는 시합을 시작하기 전에 왕자님께서 레어티스에게 따뜻하게 한 말씀 해주시기를 바라십니다.

햄릿 당연한 분부시오. (시종이 퇴장한다.)

호레이쇼 이번 내기는 질 것 같습니다, 왕자님.

햄릿 나는 그렇게 생각하지 않아. 그가 프랑스로 떠난 뒤 나도 계속 연습을 해 왔고 게다가 조건도 나에게 유리하니 이길 거야. 그런데 이상하게 가슴 한쪽이 상상도 못할 정도로 욱신거리는군. 하지만 상관없어.

호레이쇼 아니, 왕자님!

햄릿 어리석은 말에 지나지 않아. 여자 같으면 혹 이런 불안감을 꺼림칙해할지도 모르지만.

호레이쇼 마음이 내키지 않으시거든 굳이 하지 마십시오. 제가 달려가서 이리로 오시지 못하게 하고 왕자님께서 기분이 언짢다고 전하겠습니다.

햄릿 그럴 것 없네. 나는 징조 같은 건 두려워하지 않으니까. 참새 한 마리 떨어지는 것도 신의 특별한 섭리야. 지금 오면 나중에 오지 않고, 나중에 오지 않으면 지금 오네. 올 것이 지금 안 와도 결국에는 오고야 마는 거야. 요는 각오야. 목숨을 언

제 버려야 좋은지 그 시기는 어차피 아무도 모르는 것 아닌
가? 그저 될 대로 되는 거지.

시종들이 등장하여 의자와 방석을 갖다 놓고 좌석을 마련한다.
이윽고 나팔수와 북 치는 사람들 등장하고 그 다음에 왕과 왕
비, 귀족들, 그리고 심판을 맡아볼 오즈릭과 귀족 한 사람이 등
장했다. 심판관이 장검과 단검을 벽 앞에 있는 탁자 위에 갖다
놓는다. 끝으로 경기복장을 한 레어티스가 등장했다.

왕 자, 이리 와서 레어티스와 악수해라.

(왕이 레어티스의 손을 햄릿의 손에 악수시킨다. 그런 다음 왕비와 함께 가
서 자리에 앉는다.)

햄릿 레어티스, 용서해 주게. 내가 잘못했네. 그리고 신사답지 못
했네. 여기 좌중이 다 알고 계시고 자네도 이미 들었을 줄 아
네만, 나는 심한 정신착란에 시달리고 있다네. 내가 한 짓에
대해 자네는 자식의 도리로서 정의와 명예와 감정이 몹시 상
했을 것이네만, 내 여기서 밝히거니와 광증으로 빚어진 일이
었네. 햄릿이 레어티스를 해쳤다면? 결코 햄릿이 아니야. 햄
릿이 자아를 빼앗기고 자아가 없는 햄릿이 레어티스를 해쳤
다면 그건 햄릿이 한 짓이 아니지. 햄릿은 그것을 부인하네.

그럼 누가 했나? 그의 광증이지. 그렇다면 햄릿도 피해자의 한 사람이야. 내 행위가 고의적인 것이 아니었다는 변명을 제발 이렇게 많은 사람들 앞에서 너그럽게 받아들이고 양해해 주게. 지붕 너머로 쏜 화살이 우연히 자기 형제를 맞힌 격이라고 이해해 주게.

레어티스 자식의 도리, 오직 이것만이 복수심을 분발시킨 동기였지만 이제 마음이 풀립니다. 그러나 제 명예에 관해서는 이대로 물러서지 않겠습니다. 화해도 하지 않겠습니다. 높은 명예를 가진 어른이 가운데 서서 화해해도 좋다는 선례를 제시하고 제 명예를 세워주기 전에는. 그렇지만 그때까지는 왕자님이 보여주신 우정을 우정으로 받아들이고 그것을 어기지 않겠습니다.

햄릿 나도 그 말을 고맙게 받아들이고 허심탄회하게 친구끼리의 시합을 하겠네. 검을 다오.

레어티스 내게도 하나 주시오.

햄릿 내가, 자네를 돋보이게 하는 역할을 하지. 서툰 나에 비하면 능숙한 자네 솜씨는 밤하늘의 별처럼 반짝일 거야.

레어티스 놀리지 마십시오.

햄릿 아니, 정말이야.

왕 오즈릭, 두 사람에게 검을 주어라.

(오즈릭이 너덧 자루의 시합용 칼을 들고 앞으로 나온다. 레어티스가 그 가운데 하나를 집어 들고 한두 번 흔들어 본다.)

햄릿, 내기를 건 것을 알고 있느냐?

햄릿 예, 잘 알고 있습니다. 친절하게도 제게 유리한 조건을 정해 주셨습니다.

왕 나는 염려하지 않아. 두 사람의 실력은 내가 알고 있으니까. 그렇지만 레어티스의 실력이 많이 나아졌기에 그만큼 조건을 네게 유리하게 해 놓았지.

레어티스 이건 좀 무겁군. 다른 것을 보여주시오.

(레어티스가 탁자로 가서 끝이 뾰족하고 독이 칠해진 장검을 집어 든다.)

햄릿 (오즈릭에게서 검을 받아 들고) 나는 이게 마음에 드는군. 길이는 다 같겠지?

오즈릭 예, 왕자님.

심판관과 시종들이 시합을 준비한다. 그리고 다른 시종들이 포도주를 담은 병과 잔을 가지고 등장한다.

왕 포도주 잔을 탁자 위에 올려놓아라. 그리고 햄릿이 1합이나 2합에서 득점을 하거나 3합에서 비기거든 모든 성벽에서 일제히 축포를 올리도록 하라. 나는 햄릿의 건투를 위해 축배를

들고 술잔에 진주를 넣겠다. 그것은 덴마크의 4대 왕이 왕관
에 달았던 진주보다 훌륭한 것이니라. 잔을 이리 다오. 그리
고 북을 쳐서 나팔수에게 알리고 나팔수는 바깥 포수에게 알
려서 포성이 천상으로, 천상에서 대지로 은은히 울리게 하여
"지금 국왕이 햄릿을 위해 축배를 드노라."라고 알려라. 자,
시작하라. 심판관들은 정신을 차려 똑똑히 지켜보고 심판하
도록 하라.

　　잔이 왕 곁에 놓여진다. 나팔 소리와 함께 햄릿과 레어티스가
　　각각 갈라섰다.

햄릿 자, 덤벼라.
레어티스 자, 오시오.

　　1회전이 시작되었다.

햄릿 하나.
레어티스 아니오.
햄릿 심판?
오즈릭 한 대, 정통으로 한 대입니다.

두 사람이 떨어져 섰다. 북소리와 나팔 소리. 그리고 밖에서 대포 소리가 요란하다.

레어티스 자, 2회전을.

왕 잠깐, 술을 부어라. (시종이 잔에 술을 따른다.)

햄릿, (왕이 진주를 들어 보이면서) 이 진주는 이제부터 네 것이다. 너의 건투를 위해 내가 축배를 들겠다.

(왕은 잔을 비우고 그 술잔에 진주를 넣는 체한다.)

햄릿에게 이 술을 들게 하라.

햄릿 이 승부부터 먼저 내겠습니다. 잔은 잠시 거기 놔두십시오.

(시종이 잔을 뒤쪽 탁자 위에 갖다 놓는다.)

자, (2회전이 시작된다.) 또 하나. 어떤가?

레어티스 약간 스쳤소. 인정합니다. (두 사람이 다시 떨어져 섰다.)

왕 우리 아들이 이길 것 같군.

왕비 저 애는 저렇게 땀을 흘리고 숨이 가빠요. 자, 햄릿. 여기 내 손수건으로 이마를 닦아라.

(손수건을 햄릿에게 주고 탁자로 가서 햄릿의 술잔을 든다.)

네 행운을 위하여 내가 축배를 들겠다.

햄릿 고맙습니다.

왕 마시지 마오! 거트루드.

왕비 조금만 마시겠어요, 폐하. 용서하세요.

(조금 마시고 잔을 햄릿에게 준다.)

왕 (방백) 저건 독을 탄 술인데! 너무 늦었다!

햄릿 못 마시겠어요, 어머니. 이따 마시겠습니다.

왕비 자, 네 얼굴을 닦아 주마.

레어티스 (왕에게 방백) 이번에 한 대 먹이겠습니다.

왕 글쎄.

레어티스 (방백) 아무래도 양심에 찔리는구나.

햄릿 자, 3회전이야. 레어티스, 자네 힘이 안 들어갔군. 좀 맹렬히 찔러보게. 나를 놀리는 것 같지 않나.

레어티스 그렇게 말씀하신다면, 자, 갑니다.

3회전이 시작됐다.

오즈릭 무승부! (두 사람이 다시 떨어져 섰다.)

레어티스 (느닷없이) 자, 간다!

(햄릿이 옆을 보는 틈을 노려 상처를 입힌다. 레어티스의 비겁한 행동에 햄릿은 격분하여 레어티스와 격투한다. 그러다가 두 사람은 우연히 칼을 바꿔 쥔다.)

왕 둘을 떼어 놓아라, 둘 다 흥분했다.

햄릿 (레어티스를 향하여) 아니다. 자, 다시!

왕비가 쓰러진다.

오즈릭 아, 왕비님을 보십시오!

이러는 사이 햄릿은 레어티스에게 깊은 상처를 입힌다.

호레이쇼 양쪽이 피를 흘리고 있다. 왜 그러십니까, 왕자님?

오즈릭 (레어티스를 안아 일으키면서) 왜 그러시오, 레어티스?

레어티스 아, 푸른 도요새처럼 내 덫에 내가 걸렸소. 오즈릭, 내 자신의 술책으로 내가 죽으니 할 말이 없소.

햄릿 왕비님께서는 어떻게 되신 겁니까?

왕 피를 보고 기절하셨다.

왕비 아니다, 아니다, 저 술, 저 술! 아, 나의 햄릿! 저 술, 저 술! 독이 들어 있었다!   (왕비가 쓰러지면서 죽었다.)

햄릿 오, 나쁜 자식! 어서 문을 닫아걸어라, 배신이다! 범인을 찾아라!

레어티스 범인은 여기 있습니다. 햄릿왕자님, 왕자님도 목숨을 잃습니다. 이 세상의 어떤 해독약도 아무 소용이 없습니다. 앞

으로 반시간도 살지 못합니다. 그 흉기는 결국 내 자신한테
로 돌아왔습니다. 뾰족한 칼끝에 독약이 묻은 흉기가⋯⋯.
왕자님 보십시오, 나는 이렇게 쓰러져 다시는 일어나지 못합
니다. 왕비님께서는 독살되셨습니다. 범인은 왕, 저 왕!

햄릿 이 칼끝에 독을? 그렇다면 독약이여, 네 임무를 다해라! (햄릿
은 왕에게로 달려가 독이 묻은 칼로 왕을 찌른다.)

오즈릭, 귀족들 반역이다! 반역이다!

왕 이놈들아, 나를 구해라! 상처를 입었을 뿐이다.

햄릿 살인하고 강간한 이 저주받을 덴마크 왕아! 이 독배를 비워라!
(술잔을 억지로 왕의 입에 갖다 대고 기울인다.)
네 진주가 들어 있느냐? 내 어머니를 따라가라.
(왕도 숨이 끊어진다.)

레어티스 내 손으로 만든 독약을 마땅히 먹을 사람이 먹었습니다.
우리 서로 용서하십시다. 햄릿 왕자님, 저와 아버님의 죽음
은 왕자님의 죄가 아니고, 왕자님의 죽음은 저의 죄가 아닙
니다! (레어티스도 숨이 끊어진다.)

햄릿 하느님이 자네 죄를 용서하시기를! 나도 자네 뒤를 따라가
겠네. (햄릿도 쓰러진다.)
나는 죽는다. 호레이쇼, 가엾은 어머니, 안녕히! 이 참변에
파랗게 질려 떨고 있는 여러분에게, 이 연극의 무언배우나

관객이 된 그대들에게 용서를 구한다. 냉정한 죽음의 사자는 나를 사정없이 붙잡아 가는구나. 아, 하고 싶은 말이 있는데 이제 어쩔 수가 없다. 호레이쇼, 나는 가네. 자네는 살아남아 나와 나의 입장을 올바르게 전해 주게. 나를 비난하는 사람들에게…….

호레이쇼 살아남다니요? 천만의 말씀입니다. 저는 덴마크인이라기보다는 고대 로마인이고 싶습니다. 아직 독주가 남아 있군요.

(잔을 든다.)

햄릿 (일어서며) 자네가 대장부라면 그 잔 이리 주게. 자, 놓아. 제발 이리 주라니까!

(호레이쇼의 손을 쳐 잔을 마루에 떨어뜨리고 다시 쓰러진다.)

아, 호레이쇼. 전말을 분명하게 밝히지 않고 그냥 내버려 둔다면 내가 죽은 뒤에 어떤 더러운 이름이 남을지 모르지 않겠는가! 자네가 나를 진정 소중히 여긴다면 잠시 천상의 행복을 뒤로 미루고 고통스럽더라도 이 험한 세상에 살아남아 내 이야기를 전해 주게…….

(멀리서 진군하는 소리가 들려오고 대포 소리와 함께 오즈릭이 나온다.)

저 용맹스러운 소리는 무엇인가?

오즈릭 (돌아와서) 노르웨이 왕자 포틴브라스가 폴란드로부터 개선하여 오는 길에 마침 영국 사절을 만나 용맹스러운 예포를 쏘고 있는 중입니다!

햄릿 아, 나는 죽는다! 호레이쇼. 맹독이 내 정신을 마비시켜 버렸다. 시간이 없어 영국의 소식도 듣지 못할 것 같다. 그래서 미리 말해 두지만 덴마크의 대를 이을 사람은 포틴브라스 밖에 없다. 죽기 전에 내 그를 추천하니 그에게 그렇게 전해 다오. 그리고 사태가 여기에 이르게 된 사정도 자세하게, 나머지는 다 침묵이다……. (햄릿은 그렇게 말하고 숨을 거둔다.)

호레이쇼 아, 이제 고귀한 영혼은 다 사라지고 말았구나. 편히 주무십시오, 다정하신 왕자님. 수많은 천사들의 노래가 왕자님을 안식처로 인도하리다! (진군하는 북소리)

그런데 저 북소리가 어째서 이쪽으로 오고 있지?

노르웨이 왕자 포틴브라스와 영국 사절, 그리고 기타 등등 등장.

포틴브라스 현장이 어딘가?

호레이쇼 무엇을 보고 싶으십니까? 비참하고 놀라운 참변이라면 더 찾으실 필요가 없습니다.

포틴브라스 이 시체 더미는 무참한 살육을 말해주고 있구나. 아, 교만한 죽음아, 영원한 지하의 굴속에서 향연이라도 베풀겠단 말이냐? 이렇듯 많은 귀인들을 한 칼로 무참하게 쓰러뜨려

놓다니!

영국 사절 차마 눈 뜨고 볼 수 없는 참상입니다. 영국에서 가져온 우리의 보고도 너무 늦었군요. 그것을 들어주실 귀는 이미 감각이 없어졌고, 왕의 명령대로 길든스턴과 로젠크랜츠를 사형에 처했는데 들어주실 분이 없어졌으니 치하는 어디서 받아야 합니까?

호레이쇼 왕의 입으로는 치하 받지 못합니다. 설령 살아 있어 고마워한다 할지라도 왕은 두 사람의 사형을 명한 적이 없으니까요. 아무튼 이 유혈의 참극과 때를 같이하여 한 분은 폴란드 전에서 또 한 분은 영국에서 이곳에 도착하셨으니, 이 시체들을 많은 사람들이 볼 수 있게 높은 단 위에 모시도록 명령해 주십시오.

그리고 저로 하여금 아무것도 모르는 세상 사람들에게 이 일이 어떻게 해서 일어나게 됐는지 사건의 전말을 설명하게 해 주십시오. 그러면 여러분은 간악한 불륜에 의한 살인, 우발적으로 내려진 판단과 뜻하지 않은 살해, 어쩔 수 없이 감행한 모살, 그리고 끝으로 간계가 빗나가 도리어 그 간계를 꾸민 자들의 머리 위에 떨어지게 된 마지막 국면을 모두 들으실 수 있습니다. 제가 사실대로 다 이야기하겠습니다.

포틴브라스 어서 들어봅시다. 즉시 이 나라의 귀족들을 부르시오.

나로서는 한편으로 애도하면서 이 행운을 맞이하겠소. 이 왕국에 대해서는 다소 잊지 못할 권리를 가지고 있는 사람이오. 이 기회에 그 권리를 주장하지 않을 수 없소.

호레이쇼 그 일에 대해서도 말씀드릴 것이 있습니다. 더구나 그것은 많은 백성들이 지지하는 유력한 분의 입에서 나온 것입니다. 그렇지만 방금 말씀드린 일부터 처리하십시오. 민심이 소란한 이때 음모나 오해로 또 무슨 불상사가 일어날지 모르는 일입니다.

포틴브라스 부대장 네 명은 예를 갖추어 햄릿왕자를 단상으로 모시도록 하라. 때를 잘 만났던들 세상에 보기 드문 왕이 되셨을 분이다. 자, 왕자님의 서거를 애도하여 군악과 조포를 울려 이분의 덕을 찬양하자. 저 시체들도 들어내라. 이 같은 광경은 전쟁터에서라면 몰라도 여기서는 보기 흉하다. 누가 가서 병사들에게 예포를 쏘게 하라.

병사들이 시체를 들고 퇴장하고 장례 행진곡이 들린다. 그리고 예포가 울려 퍼진다.

《햄릿》은 셰익스피어 작품 중에서 가장 탁월한 대표작으로 꼽힌
다. 덴마크 왕실을 배경으로 한 이 희곡은 모두 5막으로 구성되어
있다.

햄릿 왕자의 고뇌를 주제로 하고 있는 이 작품에서 햄릿은 아버
지의 원수를 갚고 국가의 질서를 회복해야 하지만 우유부단한 성
격으로 결단을 내리지 못하고 적절한 시기를 놓친다. 특히, '사느
냐 죽느냐 그것이 문제로다'라는 독백은 햄릿의 그러한 성격을 잘
드러내고 있다.

《햄릿》은 비극으로 끝나는 복수극으로, 주인공인 왕자의 인간상
을 사색과 행동, 진실과 허위, 양심과 결단, 신념과 회의 등등의 틈
바구니에서 삶을 초월해 보려는 한 인물의 모습이 영원한 수수께

끼처럼 제시되어 있다. 셰익스피어의 작품 중에서 가장 인간적인 면을 지닌 작품으로 꼽히는 이 희곡은 주인공의 성격을 해석하는 데 있어서 많은 문제와 논쟁거리를 가져왔다.

작품의 줄거리는 이렇다. 덴마크의 왕자 햄릿은 극심한 슬픔과 우울증에 사로잡혀 있다. 자신의 어머니 거트루드가 아버지인 선왕 햄릿이 죽은 지 두 달도 채 지나지 않아 왕이 된 숙부와 결혼을 했기 때문이다. 햄릿에게 있어 아버지의 죽음만큼이나 견디기 힘든 일이었다. 어머니의 빠른 재혼으로 근친상간의 추악한 세상을 한탄한다. 그러던 중 성을 지키는 병사들 앞에 죽은 선왕의 유령이 나타난다. 친구인 호레이쇼의 도움으로 선왕의 유령을 만난 햄릿은 그로부터 엄청난 사실을 듣게 된다. 숙부인 클로디어스가 왕권과 왕비를 탐하여 아버지가 잠자는 틈을 타 귀에 독약을 흘려 넣어 자신을 독살했다는 말과 함께 복수를 부탁한다. 햄릿은 그 유령이 자신을 미치게 하려는 의도인지 몰라 복수하기를 주저한다. 그는 숙부의 의심을 피하기 위해 거짓으로 미친 척하며 사랑하는 여인 오필리아에게도 냉정하게 대한다.

아버지의 복수를 다짐한 햄릿은 분명한 증거를 확보하기 위해 동생이 권력을 탐하여 형을 독살하는 내용의 연극을 연출한다. 그것을 본 숙부가 안색이 변하며 괴로워하는 것을 보고 그의 죄를 확신하지만, 기도하고 있는 숙부를 지옥으로 보낼 수 없어 복수를 미룬다. 그러던 중 휘장 뒤에 숨어 자신과 어머니의 대화를 엿듣는 오필리아의 아버지 폴로니어스를 칼로 찔러 죽인다. 이 일로 클로디어스 왕은 눈의 가시인 햄릿을 영국으로 보내어 죽이려는 음모를 꾸미지만 우연히 밀서를 읽고 그의 음모를 알게 된다. 해적의 습격을 받은 햄릿은 영국으로 가지 않고 다시 덴마크로 돌아온다.

프랑스로 유학을 갔던 폴로니어스의 아들 레어티스는 아버지를 죽인 자가 햄릿임을 알고 그를 죽이기 위해 왕과 공모한다. 왕은 레어티스에게 자신과 왕비가 지켜보는 가운데 독을 바른 칼로 햄릿과 검술 시합을 하게 한다. 검술 시합에서 레어티스와 맞선 햄릿은 독을 묻힌 칼끝에 상처를 입지만 그 칼을 빼앗아 레어티스에게 치명상을 입힌다. 왕이 햄릿을 죽이기 위해 준비한 독배를 햄릿의 어머니 거트루드가 마시고 죽는다. 죽어가는 레어티스로부터 모든 음모를 듣게 된 햄릿은 클로디어스 왕을 독칼로 찌르고, 친구인 호레이쇼에게 사건의 전말을 밝혀 달라는 유언과 함께 자신도 고통스러운 죽음을 맞는다.

세계를 사로잡은 이 작품은 셰익스피어가 통찰한 인간사를 그리고 있다.

옮긴이 **신동운**

서울대학교 '학풍'이라는 동아리에서《TIME》지 해설 강의를 맡아 전 서울대학교 내에 시사 영어 열풍을 일으켰던 신화적인 인물이다. 최근에는 동양의 고전과 서양의 대표적 사상가들을 결합하여 세상을 살아가는 지혜를 쉽게 전달하고자 하며, 동양 고전이 새롭게 읽힐 수 있도록 노력하고 있다.

영어 관련 저서 및 역서로 『신동운 영어강의록』 『영어의연구』 『영어뇌 만들기』 『삼위일체 영어 캠프』 『40대가 다시 읽는 청춘 영시』 등이 있다. 인문서로는 『하멜표류기』 『손자병법 삼십육계』 『365일 촌철살인의 지혜 - 고사성어』 『365일 보편타당한 지혜 - 사서오경』 『링컨의 기도』 『상상력의 마법 : 다빈치처럼 두뇌 사용하기』 등을 짓고 편역했다.

햄릿

초판 인쇄 2020년 3월 12일
초판 발행 2020년 3월 17일

지은이   윌리엄 셰익스피어
옮긴이   신동운
펴낸이   김상철
발행처   스타북스
등록번호   제300-2006-00104호
주소   서울특별시 종로구 종로1가 르메이에르 1415호
전화   02) 735-1312
팩스   02) 735-5501
이메일   starbooks22@naver.com
ISBN   979-11-5795-516-9 03840

ⓒ 2020 Starbooks Inc.
Printed in Seoul, Korea